文春文庫

かけおちる

青山文平

文藝春秋

目次

かけおちる

寛政二年　九月十六日〜十九日　柳原

柳原《やなはら》藩執政、阿部《あべ》重秀《しげひで》は供の者も連れずに単身、川への路を急いでいた。

時刻は暁《あかつき》七つだが、空には丸々とした九月半ばの月が残って、干《ひ》からびた田の畦《あぜ》を青く浮かび上がらせている。

未明の冷気はいよいよきんと締まって、六十に近づいた痩軀《そうく》を容赦なく這い回るが、大股で歩を進める重秀の額《ひたい》にはうっすらと汗が浮いていた。

今でこそ家老、中老に次ぐ要職に在る阿部重秀だが、けっして門閥の出ではない。農政の実務に強いいわゆる地方巧者《じかたこうしゃ》で、初めて役に就《つ》いてから五十を過ぎるまでもっぱら郡《こおり》役所に籍を置き、田畑と山野を駆け巡る日々を送ってきた。現場を離れて久しくなっても、足腰には妙な自信がある。

とはいえ、重秀は足腰の鍛錬のために額に汗しているわけではない。小半《こはん》ときほど前、重秀は向かおうとしている鶴瀬川《つるせがわ》の夢で眠りを醒《さ》まされた。頭のなかは、そのとき見た川面《かわも》の光景で埋まっている。

今度こそ、正夢に違いない。それらしき夢は幾度か見たことがあるが、あれほど、まざまざとしていたのは初めてだ。掌《てのひら》にはひやりとした水の感触が残っており、飛沫《しぶき》の音も耳に鮮やかである。

目指す鶴瀬川は、西で隣り合う幕府御領地との国境近くを南から北へ流れている。川幅、六間《けん》あまり、水嵩《みずかさ》はこの季節ならば膝上ほどになる、どうということもない川だ。けれど、今から三年前の天明《てんめい》七（一七八七）年の初秋、そのどうということもない川を宝の川に生まれ変わらせるべく重秀は手を加えた。

藩の事業として建議したのだが採《と》り入れられず、郡役所時代から気脈を通じていた鶴瀬村の名主、中山藤兵衛《なかやまとうべえ》の助けを得て、阿部家の家業として改修したのだ。以来、毎年、手を入れ続けてきた結果が、ようやくこの秋になって出ようとしている。

風上が北東に変わって、微《かす》かな潮の香が鼻をくすぐる。鶴瀬川は短い川で、北の猛々《たけだけ》しい海に洗われる河口から、山際《やまぎわ》の水源まで八里ほどしかない。重秀が目指しているのは、浜から三里ばかり遡《さかのぼ》って、水深が二尺余りになった辺《あた》りに架かる中橋《なかはし》である。丸窓のような月が低い山の稜線に寄り添って、その橋はもう近い。

暁七つから七つ半に移ろうとする静謐《せいひつ》な時が瀬音を研いで、水粒《みずつぶ》の匂いを運んでくる。口で息をせねばならぬほどの足取りが、その匂いを認めて緩《ゆる》んだ。間もなく確かめることになる川面の光景で三年の営《いとな》みの行方《ゆくえ》が決まるのだと思うと、夢に駆り立てられた熱気が急に萎《な》えてきて、辿り着くのが憚《はばか》られる。

月が山の峰に隠れて、黒々と沈んだ川岸が所詮は夢での成就《じょうじゅ》とうそぶき、いっそこのまま踵《きびす》を返してしまおうかと思ったとき、前方に人の気配を捉えた。

目を凝《こ》らさずとも、この時刻、この場所に足を運びそうな人間は一人しかいない。阿部重秀は腹を括《くく》って大きく足を踏み出し、青黒く染まった大柄の体形をなぞってから、藤兵衛、と声をかけた。

「これは、阿部様」

路傍に膝を着いて控えようとする名主の中山藤兵衛を制して立ち上がらせ、共に歩を進めながら、もう、見てきたか、と尋ねる。中山藤兵衛ならば、自分の目でたしかめる前に結果を聞かされてもよい気がする。

月がまた峰から顔を出して、貧乏藩の村名主にしておくには惜しい男の顔を浮かび上がらせた。四万石の柳原藩で六千石の新田を拓いた、開発者《かいはっしゃ》の器量が容貌に滲《にじ》み出ている。

「いえ。まだ、でございます。なにか胸騒ぎがして参ってみたのですが、いざ、目と鼻の先になってみると、どうにも足が進みません。はて、どうしたものかと立ち尽くしておりました」

「中山藤兵衛とも思えんな」

「これが中山藤兵衛でございますよ」

笑みを浮かべて、誰よりも臆病であり、そして誰よりも剛胆でもある男は応える。

「実は、儂《わし》もだ」

そう言いつつ、重秀は足を停める。目指す中橋は、もう目の前だ。

「これ、この通り、足がぐずっておる」

「ならば……」

藤兵衛は言う。

「分をわきまえず、共に橋に立つことをお許し願えますでしょうか」

「儂のほうから頼む」

中山藤兵衛との付き合いはもう四十年近くになる。柳原藩随一の地方巧者という阿部重秀の評判は、藤兵衛の助力があってこそだ。五つばかり齢上の藤兵衛に、重秀は城内の誰よりも信を置き、腹の深くで頼りにもしていた。

「では、いっそ歩を早めて参りましょう」

「それがよい」

二人は努めて大きく足を捌《さば》き、中橋に立った。


「でかしたの」

家老の岩渕周造《いわぶちしゅうぞう》が言う。

「はは」

阿部重秀はかしこまる。鶴瀬川に赴《おもむ》いてから三夜が明けた日の午過ぎ、城内東の御用部屋である。

「今朝方、島田《しまだ》と三雲《みくも》の二人も見に行ったようだが、鶴瀬川の川面が盛り上がるばかりというではないか」

「それはちと大袈裟《おおげさ》に過ぎましょう」

島田勘助《かんすけ》と三雲十左衛門《じゆうざえもん》は中老の二人で、鶴瀬川の建議に反対した急先鋒だった。よくもそんな子供騙《だま》しを国の会議に諮《はか》ることができるな、と呆《あき》れ顔を露《あらわ》にしたものだ。

「見てきた者は口々にそう申しておるぞ。それにしてもでかした」

鶴瀬川の両岸からは終日、見物の人影が絶えない。

「お褒《ほ》めのお言葉ならば、願わくば、それがしよりも江戸の阿部長英《ちようえ》に」

「おお、そうであったな。鶴瀬川の建議をまとめたのは婿《むこ》殿であったな」

「仰せの通りで」

「むろん、江戸家老の中井《なかい》には言っておく。いや、よく探索したものだ。確か、内藤《ないとう》氏の越後《えちご》村上《むらかみ》藩で編み出されたばかりという仕掛けであったな」

「種川《たねがわ》、と申すそうでございます」

ちゃんと覚えているのだ、と阿部重秀は思った。四年前、重秀を勝手掛《かつてがかり》の執政に抜擢したのは岩渕家老だが、鶴瀬川の会議のときは擁護に回らなかった。場の流れに任せようとするその横顔には、事前に提出しておいた書面を吟味した風も見えず、さすがの重秀も気落ちしたものだが、少なくとも目を通してはいたのだ。

「しかし、鮭の産卵場を人の手で整えるとはな。言われてみなければ、思いもつかん。どういう理屈であったかの」

「それがしも今回学んだことではありまするが……」

　重秀はあくまで婿を立てる。

「鮭という魚は卵を産み落とすときに、雌が尾びれで擂《す》り鉢状の産卵床《さんらんしょう》を掘るのだそうでございます。それも、どこでもよいというわけではなく、水深は二尺ほど。流れに澱《よど》みがなく、川床《かわどこ》には小石が敷かれていなければなりません」

「ほほお」

「それだけでも条件は限られてまいりますが、さらに擂り鉢の径は鮭の体長の二倍から三倍を要しますので、大きいものでは二間近くにもなります。しかも、鮭はだいたい三度から五度に分けて異なる場所で産卵いたしますれば、一組の雄と雌だけで少なくとも三つの産卵床が必要になります。つまり、天然のままでは、産卵床を掘るのに適した川床を、遡上《そじょう》する鮭に見合った分、確保できないことになります」

「なるほどの」

「で、澱みの元となる朽ち木や、擂り鉢の邪魔になる岩などを取り除いて十分な広さを生み出し、川床を埋める泥を浚《さら》って、小石を入れる、という手筈になるわけですが、しかし、これは語るは易《やす》く、でございまして、あまりに手がかかりすぎます」

「さもあろう。水源の鶴瀬山はガレ場も多い。岩を取り除くだけでもおおごとだ」

「さすれば、川の本流から人の手によって水路を分岐させ、この水路のほうを産卵床専用に整えます。申し述べましたように、最も適した水深はわずかに二尺ですので、本流の川床に手を入れるよりも新たに水路を設けたほうが川普請《かわぶしん》の負担はよほど軽くなります。これにより、多くの卵が産み落とされて、即ち、多くの稚魚が孵《かえ》り、海に下って成長した鮭が再び産卵のために川へ還ってくる歩留《ぶど》まりを高めるのでございます」

説くほどに重秀は、自分ではなく長英に語らせたかったと思った。

「改修の手を入れてから、この秋で三年目。鮭は三歳から四歳で成熟いたしますので、目論見《もくろみ》どおりに事《こと》は運んでいるということでございましょう」

「いやはや。構想だけでも得がたいのに、手立ての細目《さいもく》に至るまで入手してまとめ上げたのは、実にもってたいしたものだ。長英を江戸詰めの興産掛《がかり》に付けたときは、果たして生粋《きっすい》の剣士にあの役目が務まるものかと危惧したが、さすが地方巧者の義父殿《おやじ》だ。立派な能吏に育てたの」

「痛み入ります」

岩渕家老は、阿部長英が柳原藩でも屈指の剣の遣《つか》い手であることを言っている。いまでは、この国の石出道場《いしで》のみに伝えられるとされる奥山念流《おくやまねんりゅう》の、長英は免許皆伝であり、阿部の家に婿に入って文官の役方《やくかた》になるまでは、もっぱら武官である番方《ばんかた》を勤めてきた。

「そろそろ、長英を国元に戻す頃合いであろう。とりあえず、用人あたりに任ずれば、そちと親子で改革を牽引してゆけると思うのだが、どうだ」

「もったいなく存じます」

「その後のことはまた考えよう。当面は鶴瀬川の鮭をどうやって藩の内証と結びつけてゆくかだが、長英はどのように申しておる」

「さすれば……」

鶴瀬川はまだ形として阿部家の家業である。けれど、岩渕家老は、まったく歯牙《しが》にもかけていない。

「江戸にも畿内にも遠い国の位置からして、物産としては村上藩同様、塩引鮭《しおびきざけ》で流通を図ることになりましょう。むろん、藩が自ら手を染めることはありません。鮭漁の株を網主に入札させて運上金を召し上げるのです」

どういう腹であろうかと思いつつ、重秀は続ける。

「入札は広く門を開いて国の内外の金銀を呼び寄せまするが、種川の仕掛け普請は秘密を守るためにもわが国が一括して請け負います。それでも彼らは利さえ上がればよいわけで、長英が申しますには、網元のみならず、資金の潤沢な干鰯《ほしか》問屋や俵物問屋、さらには廻船問屋等が網主株の取得に動くことも十分にありうるそうでございます。そのためにも、種川を一刻も早く、鶴瀬川以外の川にも広げることが肝要かと存じます。幸い、わが国には大河はありませぬが、鮭にとって頃合いの良い川が数多く流れております」

「もっともだ。以後は、種川の件の一切はそちたち親子に任せることにいたそう。ここにいたれば、もう会議は無用。島田と三雲に諮ることもない。なにしろ……」

一つ息をついてから、岩渕家老は続けた。「……元々は、阿部家の家業だからの」

そういうことかと、重秀は三年前の会議を思い起こした。

藩にとっては、むしろ、今の形の方が望ましいのだ。振り返れば、あのとき門閥に連なる二人の中老が建議した案を退けて重秀の種川を採ったとすれば、前へ進めるまでにさまざまな摩擦が生じることを覚悟せねばならなかった。

家業として小さく産もうとしたからこそ雑事に煩わされずに始められ、手がまとまってきっちりと仕上げることができたし、費用も数分の一で済んだのだ。形としては変則だが、家業で始めて、成功を確かめ次第、藩業で育てるほうがずっと理にはかなっている。

おそらく、岩渕家老は、藩業での改修が却下されても、阿部の家の事情からすれば自分がじっとしてなどいないことを見越していたに違いない。だから、会議では自分の側に立たず、場の流れに任せていたのだろう。

「そう言えば、重秀」

「はは」

さすがだな、と阿部重秀は思う。岩渕家老は重秀よりもひと回り若い。しかし、生まれついて以来人を使い馴れてきた血筋にしかできない仕事を、時折、倦《う》んだ風を洩らしながらも、大きく的を外すことなくこなしている。

自分のような地方《じかた》上がりには、こういう差配はできない。ただ目の前の仕事を、愚直に前へ進めるだけだ。

「長英が中西《なかにし》道場の門を潜ったそうだな」

「さて……」

「知らんのか」

「迂闊《うかつ》にして……」

「義父様《おやじ》には知らせてこんか。茂原《もばら》からの便りでは、半年ばかり前から、進んで通っているそうだ。茂原のやつ、半ば諦めていただけに喜んでおった」

江戸留守居役の茂原市兵衛《いちべえ》は、阿部長英が江戸屋敷に詰めるようになったときから、下谷《したや》練塀小路《ねりべいこうじ》の中西道場への入門を奨めていた。天明期（一七八一～八九）の江戸で、最も門弟を多く集めているのが中西道場だったからだ。

中西派一刀流は、それまでの木刀による形稽古《かたげいこ》に代わって、竹刀と防具による打ち合いを広めた初めての流派で、怪我を恐れずに仕合うことができたし、何よりも、江戸詰めの武士にとっては、そこに足を運びさえすれば、国を越えた武士どうしの交わりを持つことができた。三千人と噂される門弟の七割方は稽古よりもむしろ、人脈を築き、全国の動向の手がかりを得んがために通っていた諸国の藩士と言ってもいい。

要するに、茂原市兵衛の奨めは興産掛としての長英に対する半ば命令でもあったのだが、長英はあくまで剣士の姿勢を崩そうとせず、竹刀剣術はできないとして頑として首を縦に振らなかったのだ。市兵衛もまた、長英と並び立つ名うての剣士だったが、江戸留守居役に就いてからは抜かりなく御役目をこなしていた。

「当然と言えば当然だが、早速、練塀小路でも頭角を現わしているらしい。なんのかのといって、ああいう場では手練《てだれ》の周りに人は集まるから、さらに多くの手がかりが入って、良い企ても生まれてこよう。これは真《まこと》かどうか知らぬが、蘭書の集まりからも誘いを受けているそうだ。むろん、いまから蘭語を会得《えとく》するのはかなうまいがの。あの界隈に人脈を得るだけでも心強い。ま、正直を申さば、もっと早くという気がせんでもないが、あれだけ剣の道に打ち込んできた者に無理は言えなんだ。しかし、重秀。長英はこれから化けるぞ」

岩渕家老の口調に素《す》が覗く。岩渕周造は腕に覚えのある家老でもあり、石出道場の目録まで行った。阿部重秀を前にして長英を語るときに限ってではあるが、門閥の重臣には珍しく、出来のよい弟子を持った兄弟子の顔を垣間《かいま》見せることがある。

「一芸に秀でた者には、他の芸にも秀でる素地がある。自ら腹を括って、他の芸にも通じようと欲すれば後は早い。やがて柳原藩は、阿部長英の双肩に頼ることになるかもしれん」

窮乏する藩から鶴瀬川の件で重秀に褒賞の類《たぐい》が出るはずもなく、もとより授かるつもりもない。その言葉が、重秀には、なによりの褒賞だった。


鶴瀬川の川面はほんとうに盛り上がっている。鉤形《かぎがた》に鼻を曲げた異相の鮭が、我先にと上流を目指して、浅瀬に嵌《は》まり込んだ群れの背を乗り越えていこうとする。その度《たび》に、鮮やかな銀色が翻《ひるがえ》って、色を失っていく晩秋の景色に幾筋もの裂け目を入れた。

「こんなことがあるのだな」

目を川面に預けたまま、自問するように阿部重秀は言う。

「ご記憶をたどっても、これまで一度もありませぬか」

阿部家の若党の一人である森田《もりた》啓吾《けいご》が問いかける。

「ないな」

重秀と啓吾は中橋の真ん中に立っている。岩渕家老と面談したあと、啓吾の案内で塩引鮭の干し場を視《み》に出たのだが、途中、中橋から見える鶴瀬川の光景にすっかり足を停められてしまった。

「本当に見事でございますな」

啓吾も橋の欄干に両手をかけて目を輝かせている。既に元服の齢から八年が経っているにもかかわらず、笑みを浮かべると少年の横顔が洩れる。

「見事だ、実にもって」

その見事さが、負担にもなる。一日に一度は川面を己が目で確かめないと、突然、鮭の姿がきれいに失せてしまっているという妄想に囚われて、どうにも落ち着かない。

もっとも、鮭で盛り上がる鶴瀬川を認めても、落ち着くことはない。ここまでは来たが、大変なのはこれからだ。目の前の鮭の群れを銀に、小判に変えるまでには、まだまだ幾多の段取りが要る。

「啓吾」

息をひとつついてから、重秀は声をかけた。

「はい」

「今後の段取りの大枠はどうなっておる」

「さようでござりますな……」

啓吾が目を空に向ける。

「まずは、網主株の割り振り方、漁の手立ての選択、それに塩引鮭の技をどう国の内に根づかせるか……あたりでございましょうか。それぞれの案件についていくつか素案を用意しておりますので、よろしいときに吟味していただければと存じます」

森田啓吾一人を残して供の者を帰させたのには理由《わけ》がある。重秀は岩渕家老にありのままを語っていない。種川の案件はすべて婿の長英が取りまとめたように語ってきている。

事実は、長英は種川のきっかけとなった話を持ち込んだだけだ。手立ての一切を組み立てたのは長英ではなく、目の前の啓吾である。

「それも本草《ほんぞう》の書物に載っておるのか」

笑みが涼やかなこの若者がいなければ、案件は一歩も前へ進まなかった。

「鮭については載ってはおりませぬが、他の産物の例でも使える仕法はさまざまにございます」

元はと言えば啓吾は農家の出である。が、初めて会った者は一様に門閥の子弟と見まちがえる。それも道理で、この地方で最も裕福な家が、柳原藩と隣り合う幕府御領地で蠟燭《ろうそく》の原料となる櫨《はぜ》の栽培の元締めに当たる森田家なのだ。

その家の三男に生まれた啓吾は家業の習得からも解放され、贅沢品である蠟燭の恵みを一身に受けて育った。ただし、啓吾は放蕩の類には目が行かず、幼少時から、天然の産物をあまねく知悉《ちしつ》せんとする本草学に熱中したのである。

本草学の書物は高い。すこぶる高い。郡役所時代に阿部重秀が購入を申請した書物はおよそ六回に一回しか認められなかった。仕方なく重秀は頻繁に森田家へ借りに出向き、それが縁で啓吾を阿部家の若党に迎え入れることになったのである。

「ところで、啓吾……」

川面から離した目が、近づいてくる見物の人の群れを捉える。離れていても、高揚している様子が伝わってくる。重秀はようやく欄干から手を離し、河口近くにある干し場へ通じる路へ足を踏み出しながら言った。話の本題はこれからだ。

「お主、このままでよいのか」

森田啓吾が読み込んでいる書物は和漢の本草書と農書のみではない。蘭書にも通じており、昨年の暮れから半年ほど、江戸の芝蘭堂《しらんどう》に学んだ。

「と、申されますと」

芝蘭堂は一関藩《いちのせき》が生んだ蘭学者、大槻玄沢《おおつきげんたく》が開いている高名な私塾である。全国の俊英が集まる芝蘭堂でも啓吾は瞬く間に頭角を現わし、大槻玄沢の意を受けた高弟の山村才助《やまむらさいすけ》らから特に目をかけられたらしい。それを重秀が知ったのは茂原市兵衛からの便りで、諸国の同役が集まる席で想いもかけず森田啓吾の名が上がり、大いに面目を施したとしたためてあった。

「この北国にとどまっていてよいのか、ということだ」

歩を進めながら、阿部重秀は重い唇を動かす。

「お主は一介の学徒ではない。なにかを成そうとする者だ」

種川が実を結ぶも結ばぬもこれからというときに、敢えて切り出したくはない話題だが、ここで話さねば、この先ずっと口に出せなくなる。いまだからこそ、言っておかなければならない。

「なにかを成そうとする者にとって、人の一生は短すぎる。ときは大事に使わなければならん」

大きく息を吸って、重秀は続けた。

「そのために欠かせぬのが、良き師と良き学友である。言わずもがなとは思うが、独りで学問を発展させるのは難しい。良き師と良き学友は、よけいな回り道をせぬためにある。俊英たちと説を闘わせることで、無駄なく速やかに己の進むべき道が絞られるのだ」

師を持たぬまま本草学の書を読み進める苦労は、誰よりも重秀がよく知っていた。

「教えを受ける尊さよりもむしろ、ときを得ることが尊い。となれば、やはり江戸であろう。お主をいま失うのは儂にとって、いや、この国にとって大いなる痛手だが、かといって、いくらでも大きくなることが分かっているお主を、このまま鳥籠に閉じ込めておくわけにもゆかぬ」

もうずっと以前から、実は阿部重秀は森田家の当主である市衛門から啓吾を藩士に取り立てる打診を受けていた。

軽くなるばかりの武家の在り様《よう》だが、それでも一族の系譜に武家を連ねて安心を図ろうとする商家や豪農は少なくない。そのひとつに森田家もあったのだが、重秀は藩には話を伏せていた。

難しいからではない。重臣たちの耳に入れば、即座に登用するのが目に見えていたからだ。近年では、むしろ藩の方から有力な商家に無理やり武家の家格を与えることすらある。家臣にすることで、溜まった借財を棒引きにするためだ。

柳原藩にしても大方の国の例に洩れず、相当量の銀を森田家から借り受けていた。だからこそ重秀は話を繋がなかったのだが、いつまでも伏せ続けられるものでもない。それに、重秀自身、このままでは、啓吾を藩士にしていつまでも自分の側《そば》に置き続けたいという誘惑に負けそうになる。

「儂に遠慮してくれているなら、その必要はない。これまでにもお主には十分以上に世話になった」

四年前、阿部重秀が五十五にして郡《こおり》奉行から執政に抜擢されたのも、森田啓吾が紙の専売を成功させたことが大きい。

頻繁な捲《めく》りに音を上げず、長期の保存にも耐えねばならぬ大福帳向けに絞って紙づくりに参入したのだが、特筆すべきはその販路の切り開き方だった。まだ二十歳《はたち》だった若者は敢えて競争の激しい三都を外し、発展著しい地方《ちほう》に販路を求めたのである。

選ぶ基準は、芭蕉塚《ばしょうづか》のある土地だった。百年近くも前に逝った俳聖、松尾芭蕉の遺徳を顕彰する塚を建てるには、俳諧に精進する層の相当の厚みがなければならず、つまりは、地域でも頭抜けて豊かな土地であるはずと啓吾は見なしたのである。

興産と芭蕉塚とを結びつける……あのとき重秀は、森田啓吾が単なる知識の学徒ではないことを思い知らされた。

「失礼ながら、遠慮をしているわけではござりませぬ」

傍らから、啓吾の柔らかい声が届く。

「初めて実家でお目にかかった十三年前、わたくしが十歳のときのことですが、執政から荻生徂徠《おぎゅうそらい》先生の『南総之力《なんそうのちから》』を教えていただきました。ご記憶でしょうか」

「ああ……。お主こそ、まだ、あれを覚えていたか」

儒学には縁遠い重秀だが、政《まつりごと》を宗教道徳の軛《くびき》から解き放ち、経世学《けいせいがく》への道を開いた荻生徂徠だけは別で、とりわけ徂徠が八代将軍徳川吉宗に提出した『政談』は擦り切れるほどに読み込んだ。そこに盛り込まれた人材登用策の骨格が、六十年も前のものとは信じられぬほどいまに通じていたからだ。

「あの頃、儂は能《よ》く人を動かすことができずに惑《まど》っておってな。それが、あるときから想い切って人に仕事を任せ、ささいな失敗には目を瞑《つむ》るようになった。お陰で村方《むらかた》や郡役所の部下からの信任を得たのだが、実際は、なんのことはない。『政談』の教えをそのまま守っただけだ。たかが紙に書かれたことが、なんでこれほどに生身の人の心を動かすのか、初めは憮然としたものだ」

人の器量は仕事をやらせてみなければ分からず、ささいな失敗を咎《とが》め立てすれば、人はささいな失敗を犯すまいとして持って生まれた器量を発揮できなくなる……すべては『政談』に書かれていた。

「得心できぬと同時に、それまでの自分の苦労はなんだったのかとも思った。とはいえ、実践するほどに、納得が深まるのは避けられぬ。いったい、どうやって学者が至言の数々に至ったのか、それを知りたくて『政談』の背景を探るうちに『南総之力』に辿り着いた。それを十歳のお主にも語ったのだ。いや、十歳のお主だから語ったのかもしれぬ」

江戸で生まれ育った徂徠は、父親の放逐《ほうちく》により十四歳にして母の故郷である上総《かずさ》の本納《ほんのう》村に移る。以来十三年間、寒村にあって、人のありのままの暮らしを軀に刻みながら、独学を続けたことが書を理解する力を深めたというのだ。都で書物に囲まれているだけではけっして得られぬその力を、徂徠は『南総之力』と呼んだ。

「わたくしはまさにこの国で『南総之力』を得ております」

　啓吾は言った。

「良き師と良き学友は確かに得難くはありますが、己の学問を国の規模で実践し、現実に検証できる機会は、それ以上に得難いことと心得ます。わたくしがいまこの国で得ているものは、荻生徂徠先生が得た『南総之力』よりも大きいでしょう。わたくしはけっして執政への恩義のみからとどまっておるのではございません」

「そのまま、受け取ってしまうぞ」

　誰よりも森田啓吾の生きた学問の価値を知っているのは阿部重秀だ。心の荷がわずかに軽くなって、重秀はその先の話をしたものかどうか思案した。

　いま、話しておくべきとも思えるし、口に出すのはまだ早いようにも思われる。どちらとも決められずに足を動かすうちに、風が渡って潮の香が届いた。干し場に使う番屋はもう近い。思わず塩引鮭が頭に浮かんで、喉の奥辺りでまごついていた話がふっと立ち消えた。

「鮭が上がった三日前に網を打ち、二百尾ばかりを塩漬けにしました」

河口にほど近い番屋が目に入ると、森田啓吾は言った。

北国の晩秋にしては珍しく穏やかな日和《ひより》で、空も晴れ渡り、ここ数日来、重く垂れ込める雲を映していた海に、ちらちらと陽が踊っている。

「昨日からそのうちの六十尾に塩抜きを施し、今朝、初めて干してございます」

いつものことながら、啓吾はやることが早い。頭にも増して、軀がよく動く。こういう男は滅多にいないと重秀は思う。頭が動く輩は往々にして軀が動かず、軀が動く輩は頭が動かない。頭も軀も動かぬ輩もわんさといる。

「商いのためではなく、塩引の技を固めるための試し干しではございますが、わが国初の塩引鮭となることに変わりはございません。案を発せられた若殿にも是非見ていただきとうございました」

「そうだな」

即座に、重秀は応える。初めて中橋に立って川を遡上する鮭を認めたときも、いっときの興奮のあとに直ぐ思いついたのは、早く長英に知らせたいということだった。

とはいえ、江戸は遠かった。五年前からは、さらに遠くなっている。その年、国元と江戸を最も早く結ぶ大名飛脚を、街道の七里ごとに引継ぎ小屋を置く負担に耐えかねて廃止してしまった。いまは幕府からの通達に限って仕立便《したてびん》を使っているが、それも正五日限《かぎり》で、ほとんどのやり取りは幸便《さいわいびん》の十日限だ。

重臣が進んで決まりを破るわけにもゆかず、重秀も幸便で江戸屋敷へ文を送ったが、十日限とはいっても実際は二十日以上かかることも珍しくない。それさえ江戸と大坂の話だから、結局、長英が種川の成功を知るのはひと月後になってしまうかもしれぬと、重秀は溜息をついたものだった。

あれからまだ三日しか経っていない。鮭が上がったのが九月の十六日で、今日が十九日。長英はいったいいつ、自分の便りを開くのだろう。慣れぬ興産掛で気を磨り減らしている様が容易に想い及ぶだけに、早くひと息つかせてやりたいと重秀は思う。やはり、仕立便にすべきだったかと、幾度となく反芻《はんすう》してきた悔いをまた繰り返した。

「諸々、取り散らかしておりますので、足下、お気をつけください」

数軒が建ち並ぶ番屋のなかでも大きめの一軒の戸を、森田啓吾は引く。干すと聞いていたので、浜で陽《ひ》と寒風に晒《さら》すものと思い込んでいたが、案に相違して、鮭は仄《ほの》暗い番屋のなかに吊り下がっていた。

外で雨に遭って湿気が増したりすると、直ぐに腐ってしまうものらしい。その傍らでは、四、五人の漁師の女房らしき女たちが、木箱に収まった塩漬けの鮭を一尾ずつ丁寧に裏返している。

「今日、干したのは三日塩漬けにした鮭でございます。残りは、もう三日漬けたあとに干すことにしております。いま、女房殿たちにやってもらっているのがその作業でして、塩を擦り込んで三日置いた鮭を裏返してもう三日寝かせます」

いつものことながら、啓吾はこちらから尋ねる前に聞きたいことを答える。

「どのように塩に漬け、抜き、どう干すかによって、仕上がりがまったく変わってまいります。これから、それぞれの作業についてさまざまに段取りを変えて試し干しを積み重ね、村上とはまたちがう柳原の塩引の技を打ち立てる所存でおります」

得心《とくしん》が行って、板壁の隙間から入る風に撫でられている鮭に目を預けていると、啓吾が今日干すと言った六十尾よりも随分と少ないのに気づく。渡した竿に吊り下がっているのは、せいぜい二十尾程度だ。残りはどうなっている、と問うと、他にもう二軒、場所を替えて、同じような干し場を用意していると啓吾は言った。

「塩引鮭は漬け物のようなものでございます」

啓吾はくんくんと干し場の匂いを嗅ぐ。

「つまり、生き物であるということです。糠床《ぬかどこ》の機嫌によって、いくらでも糠漬けの味にちがいが出るように、同じように塩拵《しおごしら》えをしても、干し場が変われば塩引鮭の味もまったく変わります。なかでも、大きく効くのが吹く風のちがいでございまして、このため干し場を分けて試してもおるのです」

啓吾はまた鼻腔を広げた。

「干し場は糠漬けの糠床であり、味噌の味噌蔵です。良い味噌を生む味噌蔵はなんとも健やかな良い匂いがします。そういう匂いのする干し場に、じっくりとときをかけて育ててゆかなければなりません」

阿部重秀も匂いを嗅いでみるが、漬け物と重なる香ばしさは認められない。そう啓吾に言うと、干し場ならではの匂いは干しを重ねるに連れて醸成されてくるもので、いま自分が匂いを嗅いだのは、鮭に悪さをする干し場になっていないかをたしかめていたのだと答えた。

それで、どうなのだと問う前に、塩漬けの鮭を裏返していた女の一人から声がかかって、啓吾が歩み寄る。ふたこと、みことで終わるのかと思ったが、話の途中からは膝を折って話し込んで、ようやく戻ると、塩抜きの水のことだったと重秀に言った。

「先刻、わたくしは三日後の塩抜きの際は塩水を使うように指示しました。あの女房殿は真水のまちがいではないかと聞いてきたのです。が、この件についてはずっと以前に塩引鮭とは関わりなく試しておりまして、塩水のほうが鮭の肉に均一の濃さで塩が回ります。真水で抜くと、塩の濃いところと薄いところのムラが強くなるのです。塩は塩で抜くと塩梅《あんばい》がよくなります」

おそらくは無意識なのだろう、話しながらも、積まれた木箱にこびりついていた塩に指を軽く当てて嘗《な》める様子が、ここに至るまでの地道な取組みの厚さを想わせる。

「まさに、塩引の技は、執政に繰り返し導いていただいた親試実験《しんしじっけん》の粋《すい》でございます。分かり切ったようなことでも、ひとつひとつ自らの手で試し、明らかになった事実を積み上げてゆきませんと、旨く、日持ちのする塩引鮭を得ることは叶《かな》いません」

「そうか、親試実験か」

大きく、重秀は頷いた。

親試実験の思想は、本草学の背骨である。本草を学ぶ上で最も大切なのはけっして親試実験を忘れぬことであると、四十半ばの重秀は十歳の啓吾に繰り返し説いた。

空理空論を排して、自ら実際に試したことのみを採り入れる。いかに高名な者の言うことであろうとけっして鵜呑《うの》みにせず、実践してたしかめるのが本草を学ぶ者の取るべき態度である。そのように啓吾に説きながら、己をも戒めて、重秀は地方《じかた》御用に当たってきたと言っていい。

「親試実験か……」

頭を下にして吊り下がった二十尾の鮭を見回しながら、もう一度、呟くように重秀は言う。長年、日々の杖にしてきたその言葉が、十歳の少年が二十三歳の若者になるまでの、ときの流れに想いを馳せさせる。

見事に実践している姿を目の当たりにして、いっそう頼もしく感じてもよいはずなのだが、なぜか、そういう気になれない。潮風に吹かれて灰色と化した板壁の番屋で顔を綻ばせている様を目にしていると、天下の芝蘭堂で評判を取った男を、閉じこめているような気にさえなってくる。

婿に来てくれた長英に想いがあるように、子供の頃から共に本草を学んだ啓吾にも、重秀は想いがある。

十歳の啓吾は重秀の愛弟子《まなでし》であり、やがて柳原でただ一人の学友になり、直ぐに追い抜かれて若い師になった。そのように啓吾は、本草の書物を読むためのなくてはならない手元灯りだったが、ただそれだけではない。娘の理津《りつ》との二人暮らしで、息子のいない重秀にとって啓吾は、玄関と言わず居間と言わず台所と言わず、軀を置く場所には必ず点《とも》っていた灯りだった。

その啓吾に、やはり自分は無理を強《し》いてきたのではないかという想いが、腹を裂かれた鮭を目でなぞるほどに強くなる。阿部長英を慣れぬ役方の柵に追い込んだように、森田啓吾をも親試実験の柵に追い込んできたのではなかろうか。やはり、今日は話をせねばならんと、重秀は思った。


御城に上がるときも阿部重秀は木綿で通している。田畑に出て汚れを気にかけねばならぬような服はふだんから身に着けていない。

裃《かみしも》を外して襷《たすき》をかけ、半ときばかり女たちに交じって今日試し獲りしたばかりの鮭に丹念に塩を擦り込み、己の掌に塩引鮭なるものの肌触りを覚えさせると、重秀は啓吾と肩を並べて番屋をあとにした。

海を背にして城下への路を東へ辿ると、正面に、平たい椀《わん》を伏せたような形を描く鶴瀬山が見える。

ときは八つ半になって、随分と寝そべってきた陽を、のたりとした山肌がいっぱいに吸っている。

山腹《さんぷく》にうっすらと赤味が差しているのはナナカマドの実のせいだ。鮮やかに秋を彩った紅葉があらかた落ちたあとも、実《み》は枝にとどまって冬の鳥を待つ。

「実はな、啓吾……」

いかにも温《ぬく》もっていそうな鶴瀬山に目を預けて重秀は言った。

「お主に江戸の話を持ち出したのには理由があるのだ」

森田啓吾が重秀の横顔に目を遣る。

「近々、儂は致仕《ちし》を願い出るつもりでいる」

「はっ？」

一瞬、「ちし」という音がなにを意味するのか分からない。

「致仕だよ、啓吾。致仕だ。御役目をお返ししようと思っている」

鶴瀬山から目を離さずに、重秀は言葉を重ねた。

「それはまた、なにゆえに」

晩秋の柔らかな陽に和《なご》んでいた啓吾に、執政の席から身を引くという重秀の言葉はあまりに意外に響いた。勝手掛執政としての重秀の正念場はむしろこれからと思える。

「お側にいさせていただきながら、気配さえ感じ取れませんでしたが」

「それはそうであろう」

重秀は答えた。

「以前から温めていたことではあるが、腹を固めたのはつい先刻だ」

「御城でなにかございましたか」

啓吾にしても、三年前の種川の建議が却下された日のことはまだ記憶に残っていた。

「いや、そうではない。御城での御用であれば、むしろ吉報がある。ご家老がな、長英が江戸から戻ったら用人に登用すると言ってくださった」

「ならば、若殿とお二人で引き続き力を尽くされればよいではございませぬか」

「それは、難しかろう」

阿部重秀は声を落として続けた。

「このまま儂が居座って重臣の席を親子で二つ占めれば、誰の目にも権力の偏《かたよ》りは明らかだ。なにも手を打たずに放置すれば、阿部家が改革の旗頭として、一方の派閥の領袖《りょうしゅう》に祭り上げられかねない」

言われてみれば、そういう機運の下地は啓吾にも容易に感じることができた。三都であれば身分の壁を越える機会も見つけられなくはなかろうが、地方の国では無理と言い切っていい。それだけに、無理をこじ開けた阿部重秀には、いまの己に飽き足らぬ多くの藩士の目が集まる。

江戸詰を経験した藩士から聞いたのか、昨今は逢対《あいたい》を果たそうとする者も目についてきた。早朝の要人の屋敷に上がって廊下に並び、ひたすら御勤めに出ようとする当主の目に止まって取り立てられるのを待つ。江戸では珍しくもない光景だが、国ではなかったことだ。

「たしかに……」

啓吾は言った。

「分かりやすい対立の絵図ではありますな」

御役目の数が限られている小藩では、逢対は成り立たない。

重秀は御城の御用部屋の戸をいつでも開けている代わりに逢対は断わっている。それでも門の前に立つ藩士の数は増え続けており、彼らの多くは現状から抜け出す手がかりを門閥支配に見出したがる。

旧弊を守り続ける門閥に対する、地方《じかた》に通じた新興の実務家、という図式がこれ以上くっきりとすれば、たしかにじっとしているのは難しかろう。

「分かりやすさは力でな。美しい旗が立つと、動かなかったものが動き出す。その気のなかった者までやおら走り出すのが、一揆に通ずる怖さだ」

阿部重秀の横顔に、田畑の近くで育った武家の顔が覗いた。

「流れに任せれば、柳原藩四万石も危うい。儂とてこの種川の案件を途中で離れるのは心残りではあるが、実務はお主が中山藤兵衛の手の者たちをしっかりと鍛えてくれている。江戸から戻る長英の、役方としての覚悟と器量には危惧を覚えないわけではないが、致仕するまでには、国の側が果たすべき役割をじっくりと仕込むつもりだ」

番方しか知らなかった婿の長英を、役方に配置替えさせたのは重秀だ。なかなか承服しようとしない長英に、戦の絶えた今日、藩士が戦うべきは、いもせぬ敵軍ではなく、目の前で崩れ続ける藩の内証である、と説き伏せて、剣を算盤《そろばん》に持ち替えさせた。

そのことがずっと、重秀の重石《おもし》になっている。無理を強いた以上、なんとしても役方として失敗させるわけにはいかない。

「急なことゆえ万全というわけにはゆかぬと思うが、いまはそれよりも国を割らぬことのほうが重い。家臣たちにも、また門閥の家々にも、儂が致仕することによって、阿部家はあくまで国の臣僚《しんりよう》にとどまるという旗を鮮明にしなければならぬ」

返事をしようと思うのだが、出てこない。筋はつながったものの、得心はできていない。そういう理由であるなら、なにか他にやりようもあるはずだ。どう切り出すか、言葉を探す啓吾に重秀は続けた。

「しかしな。長英の用人の件はあくまできっかけにすぎん。儂が致仕を考え出したのはもうずっと以前の、ちょうどお主が阿部の家に入った頃だ」

「わたくしが若党に加えていただいた頃といえば……」

啓吾の意識が七年前に向く。

「執政が郡奉行にお就きになった頃でもございますが」

「ああ、そのとおりだ。郡奉行に就くと同時に、できるだけ早い時期に致仕をせねばならんと思った」

路は在《ざい》から城下に入って、両脇に柳の木が並ぶ。柳原では、目ぼしい路のあらかたで柳の枝が揺れる。

「どういうことでございましょうか。まだ十六、七だったとはいえ、そのようなご様子は露ほども窺えませんでした。わたくしはお屋敷に戻られる執政をお迎えするたびに、地方御用の先頭に立つお方の気概がお軀から迸《ほとばし》るのを感じて、いつも眩《まぶ》しく見上げさせていただいていたものでございます」

「御役目に異存があったわけではない」

即座に、重秀は言った。

「それどころか、民の暮らしと直に結びつく郡奉行の御勤めは取組み甲斐に満ちておった。それこそ、親試実験の実践で培ってきた諸々を生かすことができ、お主がそうと見てくれたように、抑えても知らずに気が満ちていたことだろう」

不意に風が吹き渡って、煽《あお》られた柳の枝が行く手を遮る。踊る枝を右手で払いながら、重秀は続けた。

「しかしな、だからこそ、儂は致仕を考えねばならなかった」

「どうにも分かりませぬな」

差し障りのない言葉を探す余裕は、啓吾にはなかった。

「儂にはな、啓吾。人の目を集めてはならぬ事情があるのだ」

「恐れ入りますが……」

直ぐに意味を摑めないのは、もう二度目だ。

「人の目から遠ざかっていたい事情があるのだよ。それがなにかは、いまは言えんがな」

啓吾はいよいよ分からなくなる。重秀の軀をいくら叩いても埃《ほこり》が出ぬことは、誰よりも自分がいちばんよく知っている。

「それゆえ、儂にとって郡役所での地方御用は格好の御勤めだったのだ。苦労のし甲斐がある上に、目立たなかった。本草学に惹きつけられた儂には天職にも思えて、務めさせていただいたものだ」

風は凪《な》いだが、収まってはいない。変わらずに柔らかい陽のなかを、ひと片《ひら》の風花《かざばな》が舞った。

「とはいえ、いつまでもこっちの想うようにはいかん。本来、陽が当たらぬはずの郡役所の下吏にも、だんだんと御城からの目が注がれるようになった。別に御重役たちの考えが変わったわけではない。もしも、米に頼り切りの財政や、宝《ほう》暦《りゃく》（一七五一〜六四）あたりから頻発し出した飢饉のせいで、これほどに国の内証が痛まなければ、ずっと地方御用は日陰に据え置かれたままであったろう」

世の潮目の変化は啓吾も感じていた。元々啓吾が本草に魅入られたのは、自分の知らぬことを知りたかったからだ。ただ知れば満足で、知ったことをなにかの役に立てようという気はまったく起こらなかった。それが、国そのものが喰うに困るに連れ、役立ってこその本草と周りから見なされるようになり、啓吾自身もまた、役立ってほしいと願うようになっていった。

「槍働きの世が終わって以来この方、御役目とは仕事ではなく家の格の徴《しるし》であった。よほどの目に余る振舞いがない限り、よくもわるくも御勤めぶりに目が注がれることはなかった。儂も含めて誰もが、そういうものと了解して麻裃を着けておったのだ。だからこそ儂は逆に、思い切って御勤めに励むことができた。人の嫌う日陰は、儂にとっては日向だったと言っていい」

深く、啓吾は頷いた。

「幸い、儂の近くにはお主が居《お》ってくれた。お陰で、民の安寧に少しでもつながる仕事はできたと思う。天明二（一七八二）年から続いた酷い飢饉をなんとか乗り越えることができたのも、二人が道を指し示してくれたからだ」

「とんでもございません。わたくしのほうこそ、御勤めに加わらせていただいて心より感謝いたしております」

重秀の御役目と関わることで、啓吾も、本草を現実の暮らしに役立てる歓びを知っていった。啓吾の知る重秀の凄さはそこにあった。武家以外の身分の者の力を借りるのに、重秀はまったく躊躇することがなかった。

「目立たぬようにと念じていても、目の前で民が苦しんでいればなんとかせずにはおられん。前へ進める上で力になるなら、誰の力であろうと頼るのは自明の理だ。それに当時は実のところ、そんなことくらいで郡役所の下吏の御勤めが御城の目に止まるはずもないと安心し切っていた」

風花はまだ舞っている。城下を見下ろす峰の頂きはもう白い。

「だがな、いつの間にか世の中は変わっていた。そうして、少なくとも役方に関する限り、御役目は御勤めを表わすようになっていた。そうして、儂は世の流れに押し出されて御蔵手代から御蔵役になり、さらには雲の上にも感じていた御蔵方吟味役に、そしてとうとう郡奉行に就くことになったのだ」

あの生気を漲《みなぎ》らせて御用を勤めていた重秀がそのような心積もりでいたとは、

啓吾はいまのいままで想いもつかなかった。

「さすがに御蔵方吟味役に就いたときには、これまでのように安心していてはいかんと思った。思ったが、民の暮らしにそのまま響く御役目をいい加減には勤められん。結局、さして変わらぬまま御勤めと向き合って、とうとう郡奉行にまでなってしまった。これはもう猶予はならん、御役目にひと区切りつけたら早急《さっきゅう》に致仕を願い出ねばならんと思い詰めて、それから七年が経つ」

ふっと風が止んで、柳並木が列を揃えた。

「その間、常に致仕の想いはあったが、なかなかひと区切りをつける節目が見つけられなかった。手前勝手な言い草だが、今回の長英の一件は、儂にとってようやく訪れた節目と言っていい」

それほどまでして重秀が人の目から守ろうとしているものはなんなのか……いくら蓋《ふた》をしても、知りたい想いが繰り返し頭を擡《もた》げたが、啓吾は必死で堪《こら》えた。先刻来、分からぬことばかりが続いているが、けっしてその問いを発してならぬことだけは、はっきりと分かった。

「それゆえ、本音を申さば……」

大きく息をついて、重秀は続けた。

「お主が儂を助けてくれたように、長英をも支えてくれたらありがたくはある。しかしな、このままとどまれば、いずれは種川の案件の一切を取りまとめたのはお主であることが明らかになってしまうだろう。そうなれば、藩は二度とお主をこの国から出そうとはしない。この意味は分かるな？」

「はっ」

もしも興産の秘密が洩れる怖れが生ずれば、なんとしても阻止しようとするのは柳原藩に限らない。

「このまま儂が執政の座にあればなんとか打つ手もあろうが、そのとき既に儂はおらない。それが江戸行きを勧めた理由だ」

また、風が勢いを取り戻して、柳の並木がざうざうと鳴る。

「そのときはそのときでございます」

柳の立てる音に負けぬ声で、啓吾は言った。口にしてからもう一度、今度は声には出さずに、そのときはそのときだと繰り返した。

「わたくしでよろしければ、喜んで若殿のお役に立たせていただきましょう」

十六歳を迎えた啓吾が阿部の家に若党として入ったのは七年前の春だった。そして、その夏には二十七歳の長英が婿として阿部家の門を潜った。

初めて二人だけで言葉を交わしたとき、長英は、それでは二人ともこの家の新参者だな、と言って笑い、しかし、お主のほうが先輩だ。よろしく頼む、と続けた。以来、長英は実の長兄のように接してくれた。

自分がこの国にとどまる理由は『南総之力』だけではないことを、啓吾はあらためて感じる。阿部の家に集《つど》う人の息づかいが、江戸に傾く気持ちを綿のように包《くる》む。執政、若殿、そして執政の御息女であり、若殿の奥方である理津様……。

「しかし、執政」

啓吾は不意に湧き上がる諸々の想いを断ち切るように大きく唇を動かした。

「たとえ執政が致仕されるにしても、柳原文庫だけは最後まで面倒を見ていただかなければなりません」

「おう、そうであったな」

重秀も顔を綻《ほころ》ばせた。

「柳原文庫だけは、なんとしても立派に完成させねばならんな」

それは阿部重秀と名主の中山藤兵衛、そして森田啓吾の三人が十年先、百年先を見据えて取り組んできた企てだった。

「だがな、啓吾」

けれど重秀は直ぐに、綻んだ顔を戻して続けた。

「お主の覚悟はありがたくもらっておく。しかし、けっして囚われるな。柳原文庫を含めてな。己の言葉に縛られてはならん」

阿部長英は自分一人でも支え切らねばならぬと、重秀は腹を据えた。

九月二十二日〜二十六日　　江戸

三日後の九月二十二日、鮭が上がった知らせは未だ江戸屋敷には届いていない。阿部長英の胸の内からは三年前に進言した種川のことなどとうに消えていて、いまは、昼九つ半に中西道場で発表になる取立免状の審査結果で埋められている。初めて下谷練塀小路の中西道場の門を叩いたのが七ヶ月前の二月半ば。五月の末までに小太刀、刃引き、仏払刀と段位を駆け上がり、そして九月の初めに二段跳びを許されて指南免状まであと二歩の取立免状に挑んだ。

取立免状とその下の仮名字とでは、同じ一段でも大きな開きがある。ざっくりと分ければ、仮名字は小太刀に近く、取立免状は限りなく指南免状に近い。

他流派からの再修業で、わずか半年余りのうちに中西派一刀流の取立免状を許されたとなれば、江戸中の道場の話題をさらうことができる。入門が遅れただけに、一気に大きな看板を手に入れて顔を売り、興産に結びつけなければならない。三年前、江戸留守居役助《すけ》として江戸詰めになって以来、殖産の探索に努めてきたが、陽の目を見た策はひとつもなく、なにより国元に送ることのできた建議の数じたいが少なすぎる。

この間、国の痩せた内証のなかからとんでもない額の金を使ってきている。人と能《よ》く交わって御することもできず、漢詩や俳諧の才もないくせに、唯一の取り柄《え》である剣に頼るのを拒んできた。

他のことはともあれ、木刀による形稽古で伝授する奥山念流の免許皆伝として、竹刀剣術を修業し直すことだけは避けねばならぬと信じたのだ。その一線を譲ってしまったら、己を保つことさえできぬ気がした。

もはや、そのようなことは言っておられぬと七ヶ月前、中西道場の門を叩いたが、事態に目を背《そむ》けなければ、取立免状を狙う時期などとっくに過ぎている。

遅くとも、この秋までには興産の結果を出さなければと肝に銘じていたにもかかわらず、既に九月も半ばを過ぎてしまった。いまさら礎《いしずえ》を築いているときではない。さりとて、己の力だけでいま確かに前へ進められることはこれくらいしかない。遅すぎるからこそ、なんとしても落ちるわけにはゆかない。

柳原藩上屋敷は池之端仲町《いけのはたなかまち》にある。門を一歩出ると不忍池《しのばずのいけ》の向こうに寛永寺《かんえいじ》の御山があって、全山が紅葉で埋め尽くされている。その燃え上がるような赤を目にするたびに、阿部長英は国の鶴瀬山を想う。いまごろはもうすっかり秋の衣装を落として、ナナカマドの赤い実だけが山腹にしがみついているのだろう。

柳原の人間にとって、最も心に刻まれている山の姿は新緑でも紅葉でもない。すっかり葉が落ちたあとも、けっして枝を離れようとせぬ小さな実で彩られた山だ。煙ったような赤が、色を失った山肌を掃《は》く。

武家たる者はあの実のごとくあれと、物心ついた頃から、いつも説かれてきた。冬鳥に啄《ついば》まれるのを待つ、あの赤い実のように、自らの身を捨てて、いつの日にか芽吹くことを期すのが武家である、と。いまでも、赤く煙った山を目にするだけで、知らずに呼吸が整う。

不忍池の畔《ほとり》に出て、下谷広小路へと歩を進めながら、もう二十日もすれば……と長英は想う。……もう二十日もすれば、その仄赤い山に今年最初の雪が降る。ためらうように舞う白い薄片を認めるとあとは急で、空はみるみる鉛色に染まり、暗く垂れ込めて、壊れたかのごとく重い雪が降りしきる。

なのに、江戸の空はどこまでも高く、青く、雪を孕《はら》もうとする兆《きざ》しも見せない。

その抜けるような青い天蓋《てんがい》の下には切れ目なく商家が建ち並んで、飽きることなく人の波が往き交う。

とりわけ、いとう松坂屋の界隈《かいわい》はいつも祭のようだ。元はといえば尾張《おわり》の一小間物商だったいとう呉服店が、わずか二十年余り前に江戸に出て松坂屋を買い取り、いちやく下谷広小路の、いや江戸の顔になった。この野放図に広がり続ける都は全国から、あてがわれた器に収まり切らない者たちを呼び寄せる。

商人だけではない。豪農も国元では使い切れない金銀を江戸の土地に替え、都の家持ち家主になる。学者が、医者が、詩人が、俳諧師が、絵描きが、刀工が、飾り職人が、役者が、手妻師が、あるいはこれから何者かになろうとする者が、途切れることなく旅支度を解く。

寛政の政《まつりごと》が柵をつくろうとも、流れは隙間を抜けていく。そして、いよいよ都の境界線は膨らんでいく。長く暮らす者ほど、どこまでが江戸なのかを分からない。

三年前、初めて江戸に入ったとき、長英はまだ宿場であるはずの品川から際限なく広がる家並《やなみ》に息を呑んだ。ようやく江戸に着いたと安堵したのに、目指す下谷まではまだ幾百もの町の賑わいにいちいち驚かなければならなかった。そして、やっと辿り着いた下谷の向こうにも、家並は延々と続いているのだった。

下谷は下谷で、己の才覚を頼む諸々の面子《めんつ》の屋根となっていた。下谷の絵図を埋め尽くす組屋敷に暮らす幕府の御徒《おかち》たちが、活計《たつき》を助けるためにこぞって庭の余った土地を学者や医者や、数寄屋坊主に貸し出すのである。

どこまでも広がろうとする町を往《ゆ》く、どこまでも膨らもうとする人のなかに立つと、長英の振舞いはいかにもぎこちなくなった。ようやく自分が旅人ではなく、江戸で寝起きしているという気持ちになれたときには既に一年が経っていた。江戸での三年のうち一年は、馴れるためだけに過ぎた。

下谷広小路の雑踏のなかに身を置くと、目で計ったよりもさらに人の出が多かった。祭に事欠かぬ江戸でも、人々が最も心待ちにするのは江戸城に山車《だし》が入る天下祭で、下谷に近い神田明神と赤坂の山王権現が一年ごとに交代で催す。今年の番は山王権現で、神田祭のない九月十五日を物足らなく過ごした人々が、なんとはなしに下谷広小路に流れてくるらしい。阿部長英は途中で人波を避け、常楽院《いんじょうらく》脇の路地を下って摩利支天《まりしてん》横丁に分け入り、徳大寺《とくだいじ》に参った。

下谷で、というよりも江戸で唯一、長英が肩の力を抜ける場所が、陽炎《かげろう》を神とする摩利支天を祀《まつ》った徳大寺だ。姿形《すがたかたち》のない陽炎は、斬られることもない。それゆえ武士の、というよりも剣士の守り神となっている。江戸でも、柳原でも、摩利支天は摩利支天だ。いつもどおり長英は二礼二拍手のあと両手を合わせて阿部家の無事だけを祈願した。終わってもう一度頭《こうべ》を深く垂《た》れ、踵《きびす》を返そうとして、足が止まる。やや、ためらってから軀を正面に直し、道場で貼り出される合格者の紙に自分の名前があることを祈った。

徳大寺を出て、不忍池から流れ出る忍川《しのぶがわ》沿いを下り、組屋敷がひしめく中御徒《なかおかち》町《まち》の通りへ入れば、練塀小路まではもうわずかだった。名前のとおり瓦と練り土を重ねた練塀を備えた屋敷が連なる通りを往き、ひときわ押出しの強い間口六間の中西道場の前に立って、大きくひとつ息をする。摩利支天の御利益《ごりやく》なのか、小太刀の段位を受けたときよりも落ち着いていることができる。師範代が紙を抱《かか》えて道場に姿を見せ、壁に貼り出そうとしたときも、ことさらに胸の高鳴りを覚えずに済んだ。

いよいよ、畳まれていた紙が広げられて、取立免状合格者の名前が高窓からの光に晒される。

さすがに長英も息を呑む。

と、果たしてそこに、見慣れた形の墨字はあった。

壁の貼り紙を取り巻いていた門弟たちからどっと喚声が上がり、無数の視線が集まってくる。江戸に君臨する中西派一刀流の取立免状を、わずか七ヶ月で許された伝説の剣士の誕生だ。人から人へ驚きが伝わって、熱気が渦を巻いていく。

「おめでとうございます。素晴らしい壮挙ですね！　実にもって素晴らしい」

なかの一人が、上気した顔で声をかけてくる。見覚えがある気もするが、知った顔とはちがうようだ。なおも言葉を継いで、名前を名乗ったかに思えたが、阿部長英の耳には入ってこない。

熱気の中心にいるはずの阿部長英の背筋《せすじ》には、冷たいものが走っている。しばしの安堵のあとに、しんとして残ったのは、終わったのだという気持ちだった。

この先、指南免状を狙うことはさすがにありえない。

逃げ路は塞《ふさ》がった。

もはや、興産の成果を上げる以外に、自分がやるべきことはなにもない。

取立免状取得の披露はひと月後、深川の二軒茶屋《にけんぢやや》で開くことになった。升屋宗助《ますやそうすけ》と並ぶ江戸きっての料理茶屋を、二百人からの客を招くために店ごと借り切ると言う。

引出物の菓子も、金沢丹後《かなざわたんご》の出店が下谷広小路の屋敷近くにあるのに、わざわざ鈴木越後《すずきえちご》の練羊羹を奢《おご》った。ざっと見積もっても三百両はかかる。本来なら、柳原藩にできる宴《うたげ》ではない。

「申し訳ございませぬ」

阿部長英は頭を下げる。興産を忘れて剣術に逃げたツケがこれだ。金銀を産み出す御役目の自分が、ひたすら費やし続けている。

「勘違いをするな」

招待客の名簿から目を離さずに、茂原市兵衛が言った。中西道場での発表から四日後の九月二十六日、朝四つの、柳原藩上屋敷奥に近い江戸留守居役の御用部屋である。

「お主のために催すのではない。すべては御国のためだ。お主を中西道場に送ったのは国だぞ。罪も手柄も国のものだ。要らぬ気を回して、よけいな荷物をしょいこむな」

「しかしながら……」

長英はもうひとつの気がかりを口に出そうとする。いまは寛政二（一七九〇）年。御改革のまっただなかだ。

「質素倹約のことか」

茂原市兵衛の目は変わらずに名簿を追う。

「御公儀は質素倹約を奨励されているが、同時に武芸も奨励されている。家中の者が、御公儀御留流《おとめりゅう》である小野派一刀流と重なる中西派一刀流の取立免状を得たということは、わが国が御公儀の御方針に率先して応えたということだ。つまりは、言い分が立つ。言い分が立つ場合は、やらねばならぬ」

さりげない口調が、諸々の催事を幾度も経てきた者ならではの手堅さを伝える。

「あとあと、周り中から、言い分が立つのにやらなかったとそしられるでな。そして、やる以上はしごく立派に披露しなければならん。半端《はんぱ》に招いて後ろ指をさされれば、かえって金の無駄使いになる。宴《うたげ》は、招いた客に借りをつくったと思わせることができて初めて宴なのだ。そんなことより、しっかりと目を凝らせ」

藩を挙げての祝宴に呼ぶべき客を呼ばぬと、その誤りはあとあと数倍にもなって返ってくる。長英も唇を閉ざして名簿に目を戻し、洩れがないか気を集めた。

もう、墨字の列をなぞるのは四度目だ。

二人は黙々と、落ちてしまったかもしれぬ名前を追う。そのまま紙の摺れる音だけがして、さらに半ときほどが経ったとき、市兵衛が名簿を文机《ふづくえ》に置き、ふっと息をついた。そして、腰を上げて裏庭に面した障子へ向かい、半分ほどを引いてから言った。

「しかし、お主とこのようにして江戸で文机を並べているとはな」

長英も顔を上げて、名簿の角を揃えた。やはり、幾度でも目は通すもので、一名だけ名前が抜けていた。が、さすがにもう誤りはないはずだ。目を市兵衛が立つ間戸《まど》際に移すと、障子の隙間からは、秋の陽に洗われた気持ちのよい冷気とともに、イロハモミジの赤が目に入ってくる。

「まことに」

答えながら、国元にいた頃を思い出す。五つ年嵩《としかさ》の茂原市兵衛とは、大番組から御藩主の旗本部隊である御馬廻《おうままわ》りへと、同じ番方の路を歩んだ。

柳原には石出道場の他にもう一つ、富田《とだ》流の流れを汲む北尾《きたお》流の尚志館《しょうしかん》がある。守りの石出道場に対する攻めの尚志館という位置づけだ。市兵衛はその尚志館の免許皆伝であり、くすみがちだった柳原における剣術に輝きを取り戻させた立役者だった。

実は、阿部長英も、茂原市兵衛も、その剣名は城下に遍《あまね》く知れ渡っていたわけではない。免許皆伝とはいえ、授かったのは柳原のみに細々と伝わる奥山念流と北尾流で、今となっては古流であり、藩士自らが田舎剣法と見下すきらいがあった。

そして、なによりも、天明の世ともなれば、もはや尚武の気風そのものが薄れていた。時折、思い出したように江戸城から武芸奨励の号令が発せられたものの、長続きすることはなく、道場通いに勤《いそ》しむ者はむしろ、変わり者と見なされる向きさえあった。北の海に臨む小藩にあっても、腰に負担のかかる先祖伝来の古刀を処分し、軽く見栄えのよい新刀を帯びる藩士は少なくなく、そうした者たちの目には、長英や市兵衛は鬱陶《うっとう》しく映っていたのである。

流れが変わったのはいまから九年前、西で隣り合う幕府御領地の代官屋敷が雇い入れた侍を、茂原市兵衛が真剣で立ち合って捕縛してからだった。

御領地の職制は、石高五万石相当でも代官以下わずかに三十名程度。世帯が小さいだけに、いったん人と人とのあいだがこじれると、想いの外、酷《むご》い結末を辿ることが少なくない。その侍も、自分の女房と深い仲になったとして、同僚と、そして妻を斬殺したのだった。

事の真偽は知らぬが、もしも事実であれば、いわゆる妻仇討《めがたきうち》であり、通常は罪を問われることはない。が、侍は身柄を確保しようとした手付《てつき》をも手にかけて柳原藩へ逃げ込み、捕縛要請が来たのである。

そのとき、素性や背格好とともに知らされたのが、侍が直心影流《じきしんかげりゅう》の遣《つか》い手であるということだった。直心影流といえば、江戸の西久保《にしくぼ》に道場を構える、中西派一刀流と並ぶ当代の大流派である。剣にことさらの関心を持たぬ者でも、直心影流と長沼道場の名前は知っており、その響きは、中西派一刀流と同様に、光り輝く江戸の町と重なっていた。

一対一の立ち合いで、田舎道場の達人が江戸の大流派の遣い手を制圧できるとは誰一人として思わず、捕り方の指揮をとった番頭《ばんがしら》は、当然のように鉄砲隊を用意した。捕縛は生死を問わぬとされていたのである。

が、侍が閉じこもったのは、柳原藩で最も大きな飛び領である柿崎《かきざき》に設けられていた明智館《めいちかん》だった。城下の藩校に通えぬ地方の藩士の子弟が学ぶ郷学《ごうがく》で、その日も、まだ十歳に届かぬ子弟八名が文字の修得に励んでいた。困惑を隠せない番頭に、石出道場と尚志館の二つの道場の免許皆伝が剣による捕縛を自ら申し出る。

途端に、話はどちらが踏み込むかに切り替わって、阿部長英が目上に先陣を譲ることになり、茂原市兵衛が一人、明智館の門を潜ったのである。

そのとき、直心影流の名前に気圧《けお》されていた柳原藩の捕り方たちの呼吸を思わず柔らかくしたのは、市兵衛の体捌《たいさば》きだった。おそらくは初めての真剣であったにもかかわらず、尚志館で稽古にかかるときとまったく変わらぬ柔らかな所作で躯《からだ》を運んだのである。昔ながらの火縄の臭いに肩を強ばらせていた捕り方たちは、その春の風のごとき様子を目にして、この男ならばなんとかしてくれる、という想いを一様に抱いた。

時分は一月の半ばで、袖に忍び込む冷気は容赦がなかったが、降り注ぐ陽光は十分に柔らかく艶やかだった。男たちは、その光の春を、市兵衛の背中に見たのである。それが証拠に、幾度かの鋼《はがね》が響き合う音のあとに、無刀の侍を従えて再び市兵衛が姿を現わしたときは喚声もどよめきもなく、既に見た光景をなぞるように鼻孔から小さな息を洩らしたのだった。

それは控えていた長英も同じだった。初めて真剣を結んだ者の様子はさまざまだ。指が固まって刀を離せぬ者もいれば、全身の痙攣《けいれん》が止まらない者もいる。が、総じて言えるのは、躯から獣の臭いを立ち上らせていることだ。ごく稀に平静を保つ者が現われても、その臭いを消すことはできない。けれど、市兵衛に限ってはいくら鼻孔を広げてもまったく認めることができず、まるで、今から豆腐を買いにでもいくかのようで、底知れぬ器量に身震いしたものだった。

　阿部長英にとっての茂原市兵衛は、その姿で完結していた。どんなに時代が変わろうとも、市兵衛だけは正しく番方としての路を歩んでいくことを疑わず、とりあえずは大番組の組頭になるものとばかり思い込んでいたら、六年前、江戸詰めの、それも留守居役に転じた。

　長英はその御役替《おやくがえ》に落胆し、落胆しなかった者は、根っからの番方である市兵衛に、御公儀や諸国との外交役である江戸留守居役が務まるかを危惧した。あるいは、そこには、危惧だけでなく期待も含まれていたようだが、これまでのところ剣士はつつがなく御役目をこなしている。

　些細《ささい》な失敗も許されない江戸留守居役で、つつがなくということは、ほとんど完璧に務めているということだ。剣を忘れぬための時間もなかろうに、裏庭に向けた軀も剣士の背中を保っている。

「まったく、人はどうなるか分からんということだ」

　闘う背中を見せたまま、茂原市兵衛は言う。市兵衛は市兵衛で、阿部長英が番方から役方の興産掛に回ったことを言っているのだろう。ともあれ、あれから九年が経った。二人はいま、共にこうして江戸にいる。

「ところで、お主、このあと時間はあるか」

大きく背筋を伸ばしてから、市兵衛は長英に向き直って言った。

「ございますが」

ある、と答えるのが心苦しい。本来ならば、常に探索のために屋敷を空けていなければならない。

「実は昨日、隣藩である笠森藩《かさもり》から、勝手掛元締を務められていた竹内晴山《たけうちせいざん》様が亡くなられたとの御通知があってな。御見送り等は既に国元で行われており、江戸では時節柄、表立った葬儀の類は控えるとのことだが、近しい方々の弔問だけは受け付けるそうだ。で、これより江戸下屋敷に上がる。時間が許すなら同道せい」

そう言ったときにはもう刀掛けに向かっていた。なににつけ、市兵衛はやることが早い。一度、あと回しにしたことが頭から抜け、取り返しのつかぬ事態に陥りかけたことがあって、以来、せねばならぬことには直ぐに取りかかる癖が身についたらしい。同じしくじりを二度繰り返す輩《やから》は罪人《つみびと》である、が茂原市兵衛の口癖だ。

「白裃《しろがみしも》は必要ないぞ」

御用部屋を出た市兵衛が振り向かずに言って、歩を進める。長英も慌ててその背中を追い、屋敷を出た。

下谷から笠森藩下屋敷のある浅草橋までは決まって神田川の右岸を往く。江戸随一の盛り場である両国広小路へ通じていることもあるが、なによりも通りの名前が柳原《やなぎわら》通りだからだ。

読みこそちがうが、国と同じ字の地名となると、子供さながらに直ぐに覚えてしまう。笠森藩下屋敷の近くにも、向柳原《むこうやなぎわら》という一帯がある。その向柳原を含めて、阿部長英の知る限り、柳原の名がつく土地はどこも律儀《りちぎ》に柳を植えていて、柳原通りも筋違《すじかい》御門から浅草御門まで見事な柳の並木がずっと続いていた。

「そういえば、午《ひる》を喰っておらんな」

筋違御門を渡って柳並木に差しかかると直ぐに茂原市兵衛は言った。下谷大仏下の時の鐘が午九つを打ってから、四半時《しはんとき》ばかりが経っている。

「この辺りに旨い蕎麦屋ができたそうだ。下谷広小路の無極庵《むきょくあん》にも負けぬらしい」

一年中が天下祭のような両国広小路の賑わいの余波は筋違御門の辺りまで伝わってきていて、神田須田町《すだちょう》界隈にも塩や油、薬種などを商う問屋に混じって、菓子屋や蕎麦屋、居酒屋など食い物を出す店がびっしりと並んでいる。

「おう、ここだ」

市兵衛が目を向けたのは、杉屋《すぎや》という看板を掲げた蕎麦屋だった。入ると、店は小ぶりだが、隅々まで小ざっぱりとしていて気持ちよい。評判を取っている店らしく、一階の入れ込みは午どきを外れているにもかかわらずいっぱいだったが、運よく二階の小座敷がひと部屋だけ空いていた。

その小座敷で、市兵衛が勝手に二枚ずつを頼んだ蕎麦切りに箸をつけてみれば、新蕎麦と言うにはもう時期外れに差しかかっているにもかかわらず、口のなかにあの薄い緑の実の香りがいっぱいに広がって、思わず唸《うな》りが洩れる。

あっという間に一枚平らげて、これはいいですね、と言うと、そうだろう、と答えた市兵衛は既に二枚目を空にしかけていて、もう一枚ずつを頼んだ。

「江戸で暮らすようになっても、しばらくは布海苔《ふのり》を練り込んだ柳原の蕎麦が一番だと思っていたのだがな」

二枚目を喰い終わって、ひと息ついた市兵衛が言う。

「今年で江戸も六年目だ。いまじゃ、こっちの蕎麦切りと汁《つゆ》にすっかり舌が馴れちまって、舌触りがこう、ぼそっとしていないと蕎麦とは思えん。たぶん、国元に帰ることにでもなったら、この江戸蕎麦を懐かしく思い出すんだろう」

茂原市兵衛は無類の蕎麦っ喰いで通っている。外で食べる喰い物は昼夜を問わず蕎麦と決まっていて、たしかに長英も、蕎麦以外のものに箸をつけている市兵衛を見たことがない。大の男が酒も頼まずに、ひたすら種物なしの蕎麦切りだけを喰い続ける。

江戸屋敷に詰める者のなかには、日頃、料亭で贅沢なものばかり食べているから、御役目を離れたときくらいはさっぱりしたもので腹を休めたいのだろう、などとやっかみ半分で言う手合いがいるが、長英は、御役目上の付き合いに出費が避けられない分、ふだんの暮らしを律しているのだと考えている。当の市兵衛は、ただ江戸の蕎麦切りが好きなだけだと言っている。

「味は無極庵とどっこいだが、この笊《ざる》がいい。蕎麦はやっぱりこの平たい溜め笊だ」

話しながらも右手はせっせと動く。

「無極庵は、あの大平《おおひら》という大振りの椀を売り物にしているが、あれが江戸蕎麦らしくなくっていかん」

瞬く間に三枚を腹に送り込むと、市兵衛は蕎麦猪口《ちょこ》にわずかに残った汁に、蕎麦湯をたっぷりと注いで口に運んだ。

「ここの汁はまたよく伸びるな。これだけ割っても味が薄まらん」

「たしかに。いつまでも消えませんな」

市兵衛ほどではないにしても、長英も蕎麦を好む。国でさえ救荒のための食物である蕎麦が、江戸でこれだけ人気を集めているのを初めて知ったときは、江戸の町が随分と身近に感じられた。蕎麦は地方と江戸を結びつける抜け路のようだ。振り返れば、長英も蕎麦屋を糸口に、江戸の通りに分け入っていったと言えなくもない。

「ひとつ尋ねたいのだがな、長英」

二杯目の蕎麦湯を入れた猪口を手にした市兵衛が言う。他の藩士の目がなくなると、市兵衛は江戸留守居役ではなく、先輩の剣士の顔つきになる。

「はっ」

阿部長英は、間戸の外の柳並木に目をやりながら、まだ国元にいた頃、柳行李《やなぎごうり》の製造を建議したことを思い出していた。どこにでもある柳を使うためか、唯一、軌道に乗った案件で、雪に閉じ込められる季節の仕事として着実に広まってきている。とはいえ、売り上げる額はささやかで、長英自身は興産の成果に数えていないが、それでも柳並木が目に入ると、軀が自然と身構えを緩めた。

「お前と俺では、どっちが強いと思う？」

「はあ……」

御役目を脇に置いた茂原市兵衛は、時々こういう物言いをする。

「俺は、俺のほうが強いのではないかと思う。おそらくは七本のうち五本は俺が取ると思うのだが、どうだ」

「そうでござりますな」

奥山念流と北尾流はともに竹刀を遠ざけ、いまも木刀打ちの形稽古による伝授を守っている流派だが、御藩主への上覧仕合に限っては竹刀を使い、面小手と胸当てを着ける。その上覧試合で、長英は市兵衛と竹刀を合わせたことがない。長英が上覧仕合に出るようになった頃には、もう市兵衛の姿は江戸にあった。

その当時、もしも茂原市兵衛と仕合ったらと、想ってみたことはある。が、あまりに太刀筋がちがい過ぎて、途中で諦めた。けれど、いまでは、守りの流派で育った自分も、一拍子で相手を斬る一刀流系の攻めの剣を軀に埋め込ませている。いまならば、どうなのか……。考えてみようかとも思ったのだが、頭はどうしてもそっちに向かおうとしなかった。

「よいよい。冗談だ。本気にするな」

市兵衛は蕎麦猪口を置いて顔を崩す。

「長英のほうが強いに決まっている。いまの俺には中西派一刀流の取立免状など夢のまた夢だ。それでな……」

緩んだ頰を戻して、言葉を続けた。

「このまま逃げ切ったらどうだ」

市兵衛の言っている意味がつかめない。逃げ切る、という言葉だけが響き続ける。

「引き続き、中西派一刀流の本目録皆伝に、そして指南免状に挑んでみたらどうだ、ということだ」

返事を返そうとするのだが、言葉が見つからない。

「俺が見るところ、おそらく、いまのお前は剣術を興産からの逃げと見なしているのだろう。真に逃げなのかどうか俺には分からん。むしろ剣こそが、お前の本分ではないかとも思える。が、よしんば逃げであったとしても、中西派一刀流の取立免状まで得たとなれば、これはもう立派な芸だ」

そのとき、ふと阿部長英は、この小座敷が空いていたのは、ほんとうにたまたまだったのだろうかと思った。

「お前は気づいておらぬかもしれぬが、小太刀や刃引きを許されたときとは、もはや、立っている場所がちがう。このまま剣術のほうに専心し、行き着くところまで行ってみるという路も、今回の快挙によって開けたと俺は思う。いかな貧乏藩とて、中西派一刀流の指南免状を持つ剣士を一人くらい抱えることはできるし、また、そうでなければ、あくせくと国の内証をやりくりする甲斐もないというものだ」

胸の鼓動がはっきりと聴こえる。顔も酔ったように紅潮しているのだろう。誰にも見られないよう、秘密の場所に深く埋めたものを、簡単に掘り返されて目の前に突きつけられているようだ。

「それがしの御役目は、興産でございます」

己の真意がどこにあるのか分からぬまま、長英は唇を動かす。

「お前よりも優れた興産掛を、俺は何人も知っている」

長英の言葉が終わり切らないうちに市兵衛は言った。

「しかし、お前よりも優れた剣士は知らん。興産掛としての長英の代わりは掃いて捨てるほどいるが、武芸者としての長英の代わりは誰もいないということだ」

茂原市兵衛はふっと目を間戸の外の往来に泳がせてから続けた。

「これは柳原の国の内だけのことではない。この広い江戸で、人一人《ひとひとり》が砂粒のような江戸で、いま中西派一刀流の本目録皆伝に、そして指南免状に、実力で挑めるのは阿部長英くらいのものだろう。お前は砂浜のひと粒ではない。砂粒として御奉公するか、岩として御奉公するか、どちらを選ぶべきかは自明と思える。義父様《おやじ》への義理が許さぬのであれば、俺のほうから伝えよう」

「それればかりは、御遠慮いたしたく」

即座に、その返事は出た。

「俺には既に答えは出ていると思うが……」

小さく息をついてから、市兵衛は言った。

「ま、そういうわけにもゆかんか」

底に残った蕎麦湯を、音を立てて啜《すす》る。

「長くは待てんが、今日明日というわけでもない。ま、考えておけ」

茂原市兵衛が敢えて無理強いをしてこないのがありがたかった。胸の内では、むしろ剣こそが、お前の本分、という言葉が消えずにいる。その言葉をどう扱ってよいのか分からない。再び揺らぎ出した己の覚悟に戸惑う長英に、では、行くか、と言葉を投げて、市兵衛が腰を上げた。


杉屋を出ると直ぐに、柳原通りの顔とも言える郡代屋敷が目に入ってくる。向柳原へは、その手前の新橋を渡る。

秋も終わりなのに、火照《ほて》りが収まらない顔が川風を求める。ゆっくりと新橋を渡った阿部長英は、話を替えるためだけではなく口を開いた。

「笠森藩の竹内晴山様は……」

屋敷を出るときから、亡くなったという竹内晴山のことが気に懸かっている。いかに正式ではないとはいえ、他家の弔問を下屋敷で受けるというのも引っかかった。

「やはり、御聖堂の一件と関わりがあるのでしょうか」

竹内晴山は単なる小藩の勝手掛元締ではない。れっきとした笠森藩の藩士ではあるが、その名は、荻生徂徠を学祖とする古文辞学の泰斗《たいと》として全国に知られており、長英も徂徠を信奉する義父の重秀からしばしば名前を聞いていた。竹内晴山逝去の噂は、笠森藩から正式の通知が入る前から、どこからともなく伝わってきている。

「なくはないだろう」

この五月、幕府は湯島聖堂の学問所において朱子学以外の儒学の講義を禁止した。

あくまで幕府内に限った通達ではあり、諸国を縛るものではなかったが、幕府の正学が朱子学と定まった以上、関わりがないはずもなく、聖堂から発した大波は古文辞学や古義学、折衷学などを導く儒家を翻弄した。

おのずと異議を唱える学者も少なくなく、なかでも、多様な学問の健全な発展こそが多様な人材を育てるという立場から、反対の論陣を張ったのが竹内晴山だった。

「長英」

不意に茂原市兵衛は足を緩めた。

「はっ」

「これから話すことは断じて口外無用だ」

「しかと」

外交役である江戸留守居役は、江戸城において御藩主が控える殿席《でんせき》を同じくする諸国の同役と褌《ふんどし》を借り合う仲にならないと務まらないとされる。一艘《そう》の舟に乗り合って時局の荒波を躱《かわ》し続けるには、そこまで抜きがたく関わって、知っておかねばならぬ諸々を分かち合わねばならないというのだ。繁く糾弾される吉原通いも、共に同じ罪を背負うことによって結束を密にするためらしい。

江戸留守居組合は、仲間に是々非々を許せば結局はばらけてしまうことをどこよりも知り抜いている集団であり、ひいては、仲間内の国の内情にどこよりも通じている集団と言えた。

「藩学を朱子学に替えようとする重臣たちと、竹内晴山様とのあいだで対立があったのは確かだ。ちょうど笠森藩では新たに藩校を整えているさなかで、当然、都講《とこう》には竹内様が予定されていた。噂では、その人選を含めて一切が白紙に戻ったことに抗議して、竹内様が御腹を召されたということになっているようだが、長英も耳にしたか」

「はい。表向きは藩への抗議ですが、真の抗議の相手は御公儀であるという話も聴きましてございます」

「美しいな」

「はっ？」

「いや、美しい話だと申しておる。世の中に伝わっていく話としては、それでよいのだろう」

「事実はちがうということでございますか」

「俺が聴く限りはちがう。竹内晴山様は儒家としてではなく、勝手掛元締として御腹を召されたらしい」

「勝手掛元締……として？」

「竹内晴山様を三年前、勝手掛の元締に据えたのは門閥の重臣たちだ。高名な儒家の言うことなら領民も聞く耳を持たざるをえないだろう、という腹づもりがあったと聴く。詰まるところ、竹内様を担《かつ》いで、民が蓄えた金銀を引き出し、傷んだ国の内証の立て直しを図ろうとしたということだ」

諸国はあの手この手で、それぞれの難局を乗り越えようとしていた。

「竹内様もそれを承知で、敢えて御役目を引き受けられたようだ。儒家として牧《ぼく》民《みん》の路を唱えるだけでなく、実践しなければならぬと心に決めたらしい。担がれたことを逆に利用して、豪農や有力商家を巻き込み、新たな産業を起こして財政の立て直しを図ろうとされた」

長英は無言で頷く。

「ところが、その翌年、笠森藩御藩主、島森備前守《しまもりびぜんのかみ》様が御公儀の奏者番になられた。老中や若年寄ではないにしても、幕閣に連なれば金銀がいくらでも早急《さっきゅう》に必要になり、とても俄《にわか》の殖産振興では追いつかない。わが国がいま、殿の奏者番御就任をなんとしても阻止しようとしている理由もそれだ」

風に揺れて顔にかかる柳を、市兵衛は払った。

「興産じたいも努力はされたものの、お前も骨身に染みているように、大きく育ったものはほとんどなかったようだ。結局、差し迫った難局を乗り切るには金銀を借りるしかなく、借財に借財を重ねることになった。そこは重臣たちの狙いどおりで、竹内様の頼みなら貸す側も無下《むげ》に撥ねつけるわけにもゆかない。それがかえって、互いが無理を重ねる結果になる。そうして、いよいよもういかんともしがたくなり、弾《はじ》けそうになったとき、御聖堂の一件が起きた。竹内様としては腹の切りどきを得たということになるのだろう。勝手掛元締としての竹内様には、打つ手がまったくなくなっていたようだ」

「死ぬときは……」

新橋を渡ったときとは別の火照《ほて》りが長英の軀を埋めていた。先刻までの己の惑《まど》いはまったく忘れている。

「儒家として死にたかった、ということでございましょうか」

「さあ。それよりも、国の体面を保つということだったのかもしれん。あるいは己の死をもって借財を帳消しにされようとしたのか。いずれにせよ、御聖堂の一件は竹内様にとって厄災ではなく、僥倖《ぎょうこう》だったわけだ。あのまま生き続けて、本来、牧民を導くべき儒家が一揆を誘い出してしまったら、死ぬよりも耐えがたかったにちがいない」

歩を進めながら、市兵衛は空を仰いだ。今日も江戸は鱗雲《うろこぐも》が高い。

「槍働《やりばたらき》の時代は二百年近くも前に終わったにもかかわらず、我々武家はいまもこうして日々二本差して歩いている」

江戸務めになっても変わらずに、茂原市兵衛はずっしりと腰に重みのかかる古刀の大小を差していた。

「いまや国を動かすのは役方であり、現に俺もお前も役方に就いている。しかし、俺はいまだに番方こそが武士であるという想いから抜けることができん。答えなくともよいが、おそらくお前もそうだろう。俺は学問で考えて動くのではなく、むろん算盤で動くのでもなく、剣の命じるものに従いたい。武家としての己の軀を流れる、血の音に従いたいのだ。そうでなければ、我らは学者や商人と変わるところがなくなる。このように江戸で留守居役を勤めておっても、俺の居場所はいまも国元の大番組であり、御馬廻りだ」

ひとつひとつの言葉の意味をたしかめるように、市兵衛は話した。

「だがな。事実をありのままに見れば、いまや番方では腹も切れん。番方が腹を切らねばならなくなる場じたいがない。御登城の御行列の横を割られても、耐ろときつく命じられるご時勢だ。誰もが揉め事になるのを怖れて刀を封ずる。竹内晴山様を見るごとく、この時代に腹を切る武士は、番方ではなく役方である。改革に失敗して、武士は腹を切る。俺にしても、もしも腹を切ることがあるとすれば、それは御藩主が御登城される際の衣裳選びを誤ったときかもしれん」

向柳原の柳並木が切れようとしていた。

「逆に言えば、だからこそ阿部長英には剣を極めてほしい。いまやあらかたが役方となり、無事の忠に取り組んでいる武家が、なんで二本差して日々を送っているのか、学問ではなく、剣に訊《き》いてほしいのだ」

そう言うと、市兵衛は唇を閉ざした。あとは二人とも無言のまま、歩を進めた。程なく笠森藩下屋敷に着いて、弔意を告げたが、迎えの藩士は誰も出てこなかった。

屋敷裏に続く小路を、小者に導かれて着いたのは粗末な離れのような建物で、そこにも人の姿はなく、玄関に据えられた床几《しょうぎ》に線香立てだけが置かれていた。あくまで藩としての正規の扱いではないことを、形に示しているのだった。

国のためにもがいて力尽き、儒家としての名まで失った竹内晴山に対する国の仕打ちがこれだった。線香を上げ、手を合わせる阿部長英の胸の内では、改革に失敗して武士は腹を切る、という茂原市兵衛の言葉だけが響いていた。

このまま自分が興産の成果を上げられなければ、義父の阿部重秀は竹内晴山と同じ路を辿ることになるのだろう。

長英の胸の内から、中西派一刀流の指南免状はあとかたもなく消えていた。

もはや、一刻の猶予もない。なんとしても、興産の策を得なければならない。もしも叶わぬときは、自分が竹内晴山のあとを追おう。国の内証も、子と父の、二つの命までは欲しがるまい。

九月二十六日　柳原　石津湊

同じ九月二十六日の暮れ六つ、石津湊《いしづみなと》の料亭千代松《ちよまつ》の離れに、種川の案に異を唱えた二人の中老の姿があった。

石津は、森田啓吾が整えた塩引鮭の干し場がある浜と岬一つ隔てただけの湊だが、近年、遊興の街としてとみに賑わっている。

元々は入江を利用した漁村だったのだが、五年前、一帯を襲った大地震で、東の隣藩である笠森藩にあった風待ち湊の鵜野浦《うのうら》が使えなくなった。湊に口を開ける川の上流で大規模な山津波が起き、その大量の土砂が海に運ばれて、弁才船《べざいせん》の大きすぎる舵がつかえるようになったのである。

代わって風待ち湊に選ばれたのが石津だった。当初はあくまで代役のはずだったが、鵜野浦の復旧は遅々として進まず、いつの間にか、仮宅《かりたく》とも言えぬ豪壮な造りの料理屋や遊郭が、漁村の家並を消し去って建ち並んでいた。なかでも、石津の顔になりつつあるのが千代松だった。

「どうするのだ？　鮭が上がって、もう十一日目だぞ」

手酌で燗徳利《かんどつくり》を傾けながら、島田勘助が言った。ひと通りの話が済むまで、店の者の出入りは控えさせている。

「直ぐに消え失せるものとばかり思っていたら、まだ跳ね回っておる。それどころか明らかに数を増しているようにも見える」

時折、腹に手が行くのは、もう数年来、胃の腑《ふ》を病んでいるせいだ。去年の暮れに吐血して以来、諸々の薬種を試し尽くして、近頃では童便を用いているという噂がある。童子《わらべ》の便を干して粉にしたものを丸薬にし、生姜汁と共に飲用する。

「初めは、たまたま迷い込んだものと抗弁していたが、もはや通用せんぞ。川は何本もあるのに、鮭が上がっているのは鶴瀬川だけだ。いまや、阿部が仕掛けて鮭を上がらせたのを疑う者はなく、種川という言葉も一人歩きをし始めた。家業にしてまで前へ進めた種川が成功したのに、こっちの中坂《なかさか》金山の策は山師に逃げられて棚上げになったままだ」

勘助は立て続けに杯をあおってから続けた。

「それにしても、お主、なんで、あの山師の話を信じ込んだ？　ま、儂もお主の話に乗ったのだから同罪といえば同罪だが、初めて手がけた案件で金探しを選ぶなど、まるで素人の興産丸出しではないか。うまく落とし所を見つけんと、国中の物笑いの種になった揚句、詰め腹切らされるぞ」

三年前、種川に代わって藩業に決まったのが、廃山になっていた中坂金山の再生だった。巷《ちまた》にはいまにも復活するような噂も流布したが、動き出してみれば、一年と経たずに山師と揉めて頓挫した。理由はしごく単純で、費用が折り合わなかったのだ。曖昧にしてはいけないことを曖昧にしたまま踏み切った結果は、おのずと明らかだった。

「加賀藩の松倉《まつくら》鉱山で新たな金鉱脈が発見されたことは耳に入っておろう」

冬も近いのに、扇子を取り出しながら、三雲十左衛門は言った。

「あれで松倉は息を吹き返して空前の活況らしい。もう掘り尽くされたと見られていたが、実は、これまでよりもさらに大きな鉱脈が眠っていたというわけだ。ならば、中坂だってまだまだ目があると思っていたところへ、乗り込んできたのが横山八十助《よこやまやそすけ》だった」

たっぷりと肉がついているせいか異様な暑がりで、外が雪でも激してくると扇子を動かす。二年前に島田勘助と共に還暦を迎えた頃から汗の量はさらに増えた。

「お主は知らんかもしれんが、山掘りの世界では誰もが横山八十助に一目置く。山師は山師でも、そんじょそこらの軽い名前ではない。あの大久保《おおくぼ》石見守長安《いわみのかみちょうあん》の鉱山術の系譜を引く名うての山師なのだ」

「大久保石見守長安……」

「武田《たけだ》金山衆《かなやましゅう》から甲州流採掘法を学んだとされる武田家の蔵前衆だ。武田家が滅んでからは、幕府草創期の代官頭となって鉱山経営に手腕を振るった。石見《いわみ》や佐《さ》渡《ど》が今日のように隆盛を見せているのも、大久保長安が二百年も前に甲州流と南蛮流を組み合わせて、まったくちがう山に造り替えたからだ」

　十左衛門もあっという間に二合の燗徳利を空けた。何本か空にしてからでないと落ち着かぬ風だ。

「儂とて、湯水のごとく財が消えていく新たな金探しの話に乗る蛮勇はない。三十年ほど前に山を閉じたばかりの中坂というから耳を傾けたのだ。おまけに、話を持ってきたのは大久保長安直伝《じきでん》の箔がついた横山八十助だ。また、その言い草がいかにももっともらしいものだった」

　飲むほどに、十左衛門の言葉は逆に明瞭になっていく。

「金が眠る山には、決まって金山羊歯《かなやましだ》という草が生えるのを知っておるか」

「ほお、いかにも縁起のよい名だな」

「正しくは蛇之寝御座《へびのねござ》と言う」

「お主、なんで、そんな細かいことまで知っている」

「忌々《いまいま》しいことだがな。まだ二十代の頃、藩校の啓新館《けいしんかん》であの阿部重秀と席を同じくしていたことがある」

三雲十左衛門のたるんだ首筋に幾筋もの汗が伝わる。その昔は眉目秀麗で、柳原藩でも飛び抜けた美丈夫と謳われたものだが、いまは酷いほどに肥えて見る影もない。

「本来、啓新館で講義を受けられるのは、御目見以上でも譜代の家だけだ。元禄代にお抱えになった阿部の家の者が学べるはずもないのだが、学芸優秀であるということで例外の扱いになったらしい。そのとき阿部は既に独学で本草を学んでおってな。啓新館は儒学のみゆえ、特別に枠が組まれて奴が講師に立ち、本草の親試実験の精神を説いた」

「しんしじっけん？」

「平たく言えば、論より証拠ということだ。空理空論を排し、己で試した結果のみを積み上げて物事を前へ進める。儂もまだ若かった。奴の語る親試実験がとてつもなく凄いことに思えて、自分も本草を修めねばならぬと思ったのだが、阿部重秀ごとき在地御用の者に後れをとってはたまらない。で、京へ上り、小《お》野《の》蘭山《らんざん》先生の衆芳軒《しゅうほうけん》に学んだ」

「阿部と張り合うなど、三雲十左衛門とも思えんな。儂は啓新館など足を向けたこともなかった。学問は武家から気を奪う。民を統《す》べる大元は理《ことわり》ではなく、持って生まれた気だ」

受講できるのは譜代のみとはいえ、四十年近く前に啓新館ができたとき、近隣の国にはまだどこにも藩校はなかった。建議したのは岩渕周造の父で先代の家老である岩渕作左衛門《さくざえもん》で、十七歳で初めて御国入りして江戸との落差に気落ちしていた現藩主、長坂能登守政綱《ながさかのとのかみまさつな》の採用するところとなったのだが、島田勘助は、国が勢いを失った始まりはあれだったと信じている。

武家ではなく学者が説いて、百姓や町人にも等しく通じる学問などを重んじたことが、国から上意下達の峻烈さを奪った。身分の壁を崩し、武家の優越を壊すという点において、学問は耶蘇《やそ》にも等しい。にもかかわらず、南蛮の宗教は国禁にして、学問の方は逆に奨励さえされている。

「たしかに、気しかありえない」

十左衛門も言った。

「代々、人を動かしてきた家に生まれ育って気を植えつけられた者のみが、無理を命じることができる。理が通ることを命じるならば誰でもできる。理で計ればとうていできぬことをさせるのが治者だ。国は理のみでは成り立たないのに、理を修めた者は理の枠でしか動くことができぬ。しかし、あの頃はまさに若気の至りで、いつまでも気では通用せぬと思った」

大きく杯を傾けてから十左衛門は続けた。

「啓新館での阿部の様子がそうさせたのかもしれぬ。我々譜代の倅《せがれ》たちを前にしても、阿部はまったく臆するところがなかった。あくまでも粛々と、己の語るべきことを語った。まさにそれこそが、上意下達を揺るがして国を危うくする徴《しるし》であったにもかかわらず、当時の儂にはそれが見えずに衆芳軒を目指したというわけだ。とはいえ、衆芳軒があったのは京でも河原町《かわらまち》の蛭子《えびす》川ノ北だった。あっという間に本草のことなど頭から消えて、色町に入り浸ってしまったがな」

「三雲十左衛門が本草とはな」

若い頃の十左衛門は美丈夫であるだけでなく傲岸不遜を絵に描いたようだった。

門閥の嗣子らしく小姓組で初出仕をしたが、なにか気に喰わぬことがあると、たとえ組頭から声がかかっても返事を返さなかった。そして、たいていの場合、誰にも気に喰わぬ理由が分からないのだった。

それでも通してしまうなにものかが、十左衛門の類まれな容姿にいっそうの凄みを与えていた。島田勘助の知る三雲十左衛門は、親試実験とやらを説かれて本草の書を渡されたら、捲《めく》りもせずに泥水のなかに放り投げるような男だったのに、その本草などに首を突っ込んでから無闇に言葉が多くなった。

「しかし、その金山羊歯だが……」

やはり学問は耶蘇だと思いながらも、勘助は話の流れを戻した。

「いずれにせよ羊歯なのだろう。儂らには羊歯などどれもこれも皆同じに見えるが、山師には見分けがつくのか」

仲居の声がかかって、二合の燗徳利が盆一杯に運ばれてくる。声をかけずとも、もうよいと言うまで頃合いを見計らって運ぶようにと言ってある。

「蛇之寝御座は羊歯の類には珍しく冬には枯れる。山師は冬に山に入って、枯れた羊歯を探すのだ」

「考えるものだな」

「ただし、金山には決まって蛇之寝御座が生えるが、蛇之寝御座が生えていれば必ずその下には金があるというものではない」

「さもあろう。それでは簡単すぎる」

「横山八十助はそこを突いてきた。蛇之寝御座に加えて、やはり鉱山だけに根づく油菜《あぶらな》と苔《こけ》の二つを組み合わせてきたのだ。仮に、金山菜と金山苔とでも言っておこうか。横山は、自分は幾多の金山を隅々まで踏破し尽くしたので、金山羊歯と金山菜、それに金山苔の三つの分布の具合を見れば、ほぼまちがいなく金鉱が眠っているかどうかを判別できると言いおった」

「与太話に引っかかるときというのは、そういうものだろう。あとから振り返れば、そんな都合のよい話があるはずもないのだが、そのときは醜女《しこめ》が絶世の美女にしか見えぬような光の塩梅《あんばい》になっている」

「実はな、儂も衆芳軒で学んでいた頃から蛇之寝御座と他の草木との関わりには目をつけていたのだ。蛇之寝御座だけでは無理でも、幾つかを組み合わせればよほど確かに金鉱を見つけられるのではないかとな。結局、色町に嵌《は》まって、実際にはなにも手をつけず、以来、四十年近く思い出すこともなかったのだが、横山八十助の話を聞いているうちに当時のことがふつふつと蘇った。そこを突かれたと言えば突かれたのだが、振り返ってみれば、引っかかった大元の理由はそれではない」

三雲十左衛門は猪口ではなく湯呑みに酒を注ぎ、大きく喉を動かした。

「あやつだ」

ふーと息をして、扇子を開く。

「阿部重秀だ。あやつの、いかにも篤実《とくじつ》ぶった顔を見ていると無性に苛立《いらだ》って、つい、この男の好きなようにはけっしてさせぬという想いが募《つの》った。若い頃はたぶらかされたが、あの顔つきは武士のものではない。百姓の顔だ。それが一丁前に裃《かみしも》を着けて城にまでしゃしゃり出てくるものだから、顔を合わせるたびに虫酸《むしず》が走る。所詮、阿部など郡役所の下僚であろう。岩渕周造はなんであやつを城に入れたのか」

「岩渕の小僧の腹など明白だ」

即座に、島田勘助は言った。

「儂らと阿部重秀を興産という土俵で張り合わせようとしているのだ。儂らが土俵に乗って、なにか出てくればめっけ物だし、土俵に乗らなければ、やはり門閥の中老は偉そうに振る舞うだけで中身は空だという悪評を立てることができる」

晩秋の夕で、間戸は閉め切っているのに、どこからともなく三味線の音が届いた。

「元々、三雲と島田、そして岩渕の三家は同格だ。たまたま、近年、岩渕の家から続けて家老が出ているが、定まったわけではない。興産を口実にして儂らの力を削ぎ、家老職を出す家としての土台を盤石にしたいのだろう。元はと言えばただの私欲なのに、いかにも叡明顔《えいめいづら》しているのが気に喰わん。己の進める新しい施策とやらが、武家が依って立つ屋台骨を蝕《むしば》んでいることに奴はまったく気づいておらんのだ」

「それもこれも、阿部重秀なんぞがしゃしゃり出てきたからだ」

十左衛門はばたばたと扇子を振って、続けた。かつての美丈夫は肥えて膨れ上がり、蝦蟇《がま》のように汗を垂れ流している。

「阿部という駒が出てきたからこそ、岩渕も動かしてみようという気になったのだろう。あやつが郡奉行になった頃から、藩内の統制はめっきり緩んだ。親試実験は己が成り上がるための旗だったのだ。高名な者の説をけっして鵜呑みにしないということは、上の身分からの下命も素直に聞かぬということだ。そういう不服従が至る所にはびこっている。奴は柳原の病巣《びょうそう》である」

「お主の阿部嫌いは嵩《こう》ずるばかりだな」

滴《したた》る汗から目を逸らしながら勘助は言った。

「やはり、民江《たみえ》のことが頭にあるのか」

杯を置き、懐から丸薬を取り出して口に含む。

「当り前ではないか！」

十左衛門は弾かれたように立ち上がって叫んだ。

「民江は三雲の縁戚の、譜代の家の女だぞ」

勘助に向けられた目が、血走った真ん丸の玉になっている。

「その民江がなにゆえに、よりによって、なにゆえに、阿部重秀ごときに妻仇討《めがたきう》ちにされなければならん！　あれで譜代の重みなど、一気に消し飛んだわっ」

三雲十左衛門はずかずかと、座敷を出た。


阿部重秀が三雲十左衛門の家系に連なる柴崎《しばざき》家の民江を娶《めと》ったのはいまから二十七年前、郡役所の御蔵手代から御蔵方へ引き上げられた三十二歳の春だった。

郡役所とはいえ、郡の内証を一手に掌握する御蔵方は代々譜代の家の者が勤めてきた御役目である。時の家老、岩渕作左衛門から下し置かれた御用召状《ごようめしじょう》には、地方御用《じかたごよう》に格別の功ありと御役替えの理由が記されていたが、城下では、名門譜代の娘である柴崎民江の嫁入道具と噂する者も少なくなかった。民江が二十七歳と中年増とされる齢だった上に、どこからともなく縁戚の者と不義を犯したことがあるという噂が広まっていたからである。

それでなくとも二人の縁組には無理を感じる者が多かった。一方は、御目見以上とはいえ、ずっと城下の町並みとは無縁に暮らしてきた阿部重秀。そしてもう一方は、代々側衆《そばしゅう》を勤める家柄の当主で、柳原藩きっての文人とされる柴崎康友《やすとも》の長女の民江である。漢詩をはじめとして俳諧、和歌、さらには易学にも通暁《つうぎょう》する父の薫陶《くんとう》を受けて幼い頃より才女の聞こえ高く、国で最も土の臭いの届かぬ場所で育ってきた娘と言ってよかった。

そのように誰もが行方を危ぶんだ縁組だったが、縁を結んだ年の翌年に直ぐに娘の理津が生まれ、その後もさしたる厄介な話も聞かぬまま月日は経った。重秀はますます地方御用に手腕を発揮し、土を嫌うとされていた民江が組屋敷裏の畑に立ち、糠床《ぬかどこ》に手を入れる姿も珍しくなくなって、意外に収まってゆくものだと人々が思いかけた五年目の夏、民江が四歳になった理津を置いて、阿部の家に入った後も続けていた漢詩の世話役と突然欠け落ちた。

妻が不貞を働いて家を出れば、主《あるじ》は後を追って居所を見つけ、妻とその相手を成敗しなければならないのが当代の習いだ。柳原藩の法度《はっと》も例外ではなく、重秀は直ぐさま妻仇討ちの願いを藩に届けて国を後にし、ひと月後、幕府御領地内で二人を討ち果たした旨を目付に届け出たのである。

妻仇討ちからの帰還は、しかし、晴れがましいものではない。たとえ本懐を遂げたとしても、妻を寝盗《ねと》られた男という烙印はずっとついて回る。

人のなかにいるときはむろん、家へ戻って一人になっても周りからの視線が消えることはない。いつしか人と目を合わさぬことが習いになり、唇を閉ざすようになり、そして御勤めへの足が遠のく。

が、阿部重秀の帰還に限っては、凱旋とはゆかぬまでも好意をもって迎えられた。あくまでも噂にすぎなかった民江の不義は、阿部の家に入ってからの欠け落ちによって真《まこと》であることが明らかになったのだった。才女の誉れ高かった譜代の家の女は、やはりふしだらな日々を送っていたのである。

そのふしだらな譜代の妻を、在地御用に精進してきた夫が成敗した。譜代のなかにさえ重秀に喝采を送る者がなくはなく、そこに妻仇討ちにつきまとう翳《かげ》りは薄かった。

だから、重秀がその後も変わることなく御役目に励んで、じわじわと退けられるどころか、知らぬ間に郡奉行の席に近づいていっても、違和感を覚える者は限られていたのである。

三雲十左衛門が言うように……と、島田勘助は思う。

あれで譜代の重みが一気に消し飛んだということは、さすがにない。そこまで身分の壁は、傷《いた》んではいない。

しかし、元々軋《きし》みを上げていた武家の依《よ》って立つ屋台骨にあれでひびが入り、少しずつ少しずつ、亀裂が進んでいるのはたしかだ。

一人で大きく杯を傾けると、勘助は腰を上げ、間戸辺へ軀を運んで、顔の幅だけ障子を引いた。

料亭千代松は高台にあり、座敷からも広がり続ける石津の街が見渡せる。急ごしらえの色町ゆえ安普請の娼家がひしめいていてもよいはずなのに、惜しみなく提灯を掲げる料亭はどれも北の片田舎のものとは思えない。

千代松も北の琵琶湖に臨む山寺のやつしを模した地味造りになっていて、釘隠しひとつにも趣向が凝らされているが、けっして千代松だけが頭抜けているわけではない。土地の者ではなく、金沢や京大坂の船主や豪商が、眠りこけようとする金にもうひと働きさせるために建てているからだ。財で膨れ上がった分限者《ぶげんしゃ》が石津に目をつけるのは、そこがどこでもないからである。たしかに石津は柳原藩の領地ではあるが、本国とは離れた飛び領だった。

　その上、石津を取り巻く土地も、四つの国の飛び領と幕府御領地が細かく入り組んでおり、一帯として眺めれば、どこの土地とも言えぬ状況をつくり出していた。おのずと、いずれの国も互いに力の行使を手控えて、どこの領地と言わず、緩《ゆる》んだ空気が醸し出されていたのである。

　遊びで羽を伸ばしたい者たちにとって、その緩さは他では得られない馳走であり、ひとたび石津が遊興の町となるや驚くほど遠くから大きな金が押し寄せた。何軒かの料亭と娼館は、江戸は浅草や両国からの元手と聞いている。領主の柳原藩はなにも手を下していないのに、弁才船が風待ち湊にしただけで全国から勝手に金が押し寄せ、鄙《ひな》びた漁村をよってたかって、北の土地でも屈指の歓楽街につくり替えているのだった。

　やれやれ、と勘助は眼下の通りに目をやった。高価な百匁蠟燭《ひゃくめろうそく》を呑んだ提灯の波が石畳を昼のように浮かび上がらせている。弁才船の航行を安定させるための重石《おもし》に使った石が縦横に敷かれ、艶々と灯りを照り返しているのである。

城下でも見られぬその景色を眺めて気を紛《まぎ》らすつもりだったのに、提灯に目を預けるうちに、まるで敵軍に囲まれて籠城《ろうじょう》させられているような気になってくる。なぜなのか、と思ったとき、背後でがやがやと音がした。

「島田！　女を連れてきたぞ」

振り向くと、三雲十左衛門が六、七人の芸子を引き連れて座敷に入ったところだった。

「もおー、辛気臭《しんきくさ》い話はやめだ！　金輪際、城の話はせんぞ。おいっ、お前たち。派手にやれ、派手に。さっさと踊らんか！」

素面《しらふ》のときの十左衛門の語りは呂律《ろれつ》が怪しく、酒が入るほどに明瞭になり、さらに酒が進むと突然押し黙る。一旦そうなると、なんの断わりもなく不意に姿を隠して、伴の者たちを慌てさせる。あとの記憶はまったくないらしい。先刻、部屋を出て行ったときがそうかと思ったが、まだ己を失うまでにはなっていないようだった。

「ほな、なにを舞わせていただきまひょ」

いちばん年嵩《としかさ》らしい立方《たちかた》が言う。

「なんでもよいわ。どうせ、お前の踊りなんぞ誰も見ておらん。おっ、おまえ京だな。京はどこにいた？　祇園か、島原か。儂はな、京はようく知っておるぞ」

「上七軒《かみしちけん》どす」

「上七軒か。御手洗《みたらし》団子か。上七軒で喰い詰めて、落ちぶれてきたか」

芸のできる者は以前の風待ち湊だった鵜野浦からそのまま移ってきた女たちが多いが、それだけでは到底足りない。五年が経ったいまでは、金沢や京都で芸子を張っていた女も珍しくなくなり、それでも足りずに近頃では、近隣や地元の女も賑やかしに座敷に狩り出されていた。

「だがな、この石津を馬鹿にしてはいかんぞ。お前のような喰い詰め者が、柳原を軽んじてはいかん」

三味線を抱いた地方《じかた》の二人が気を利かせて端唄《はうた》を弾き始め、座の空気を和らげる。勘助は脇に着いた女の酌を受けながら、目の合ったほうの地方に『芦刈《あしかり》』をやってくれと言った。

「おお、そうだ。このなかに柳原の女がおったな」

十左衛門は座りかけた目で芸子たちを見回す。

「お前だ、お前。こっちへ来て酌をせい」

脇に回っていた二十歳には届かぬ風の女に指を差した。まだ御座敷に馴染んでいないらしく、いかにも目が落ち着かない。

「島田！　儂はな、ここにおらぬあいだ、一人で座敷遊びをしていたのでも、ずっと厠《かわや》にへばりついていたのでもないぞ」

柳原の女が傍らに座ると、十左衛門は勘助に顔を向けた。

「いろいろとな、女どもに訊《き》いて回っておったのだ。あの百姓侍の尻尾《しっぽ》をつかんでやろうと思ってな」

女が馴れぬ手つきで酌をし、十左衛門は一気に飲み干す。

「ああいう篤実ぶった顔をしてる奴ほど裏では汚く遊び回るものだ。あやつも、もう、独り身になって優に二十年は超えておる。せしめた賄賂や掠《かす》め取った公金で豪勢に女遊びをしているにちがいない」

「で、どうであった」

島田勘助はうんざりしながら受けた。

「尻尾はつかめたのか」

いくらもうあとわずかで己を失するほど飲んでいるとはいえ、そこまで幼くなることもなかろう。阿部重秀が後添えをもらわぬのは、不義とはいえ自ら手にかけてしまった妻への義理を通しているためと洩れ聞いている。その重秀が女遊びなどするはずもないし、百歩譲って、するとしても、この石津なんぞに痕跡を残すはずがないではないか。

「いや、今日のところはつかめなんだ」

三雲十左衛門の呂律が怪しくなっている。そろそろ押し黙る頃合いなのだろう。

「しかしな、奴はまだだが、奴の相方の話は仕入れた」

「相方？」

「鶴瀬村の中山藤兵衛よ。百姓侍の腰巾着《こしぎんちゃく》だ」

「名主の中山藤兵衛がこの町で座敷遊びをしているとでも言うのか」

中山藤兵衛も阿部重秀に劣らず堅物で聞こえている。重秀との関わりが深まったのも、農書の蔵書を介してのようだ。篤農家を絵に描いたような人物で、新たな農法に取り組んでいるときほど機嫌がよく、石津に出入りすることはまず考えられない。

「いや、そうではない」

十左衛門は傍らの柳原の女の肩に腕を回す。

「だから、この女を連れてきた。この女はな、石津に来る前、中山藤兵衛の別邸で下女をしておったのだ」

「ほお」

今度はまともな話らしい。

「この者の話ではな、中山藤兵衛はその別邸に女を囲っているらしい。この者が世話をしていたわけではないが、一度だけ座敷に共にいる姿を目にしたということだ。そうだな、しかと相違ないな」

十左衛門は女の肩を揺すり、女はこっくりと頷く。

「あの中山藤兵衛がな。それで、それでどうした？」

勘助は身を乗り出す。十左衛門に言われずとも、このまま種川が滞りなく運んでいくようなら、阿部重秀一派の弱みを抉《えぐ》り出し、自壊するよう仕向けなければならない。

「どうした、とは？」

地方上がりが門閥の上に立てば国が揺らぐ。阿部重秀とて分かっているはずだ。分かっていなければ、それは阿部の罪である。

「女を囲って、どうしたのだ」

もしも弱みが見つからなければ、中坂金山の廃水の流れを差し替えて、それと分からぬよう少しずつ鶴瀬川に流すことだって考えねばならんだろう。鉱山は厄介だ。金は出なくなっても、廃水は出続けている。

「どうもせん。女を囲っているだけだ。村人の範となるべき名主が怪《け》しからんではないか」

勘助の唇から吐息が洩れる。もう取り合わずにおこうと思ったが、口のほうが止まらなかった。

「中山藤兵衛ほどの身上《しんしょう》持ちが、女一人囲ってもなんの尻尾にもなるまい」

思わず怒気が入ってしまったが、十左衛門の返事はない。

「名うての堅物ゆえ、誰もが多少は驚くだろうが、それで終わりだ。そうは思わんか」

十左衛門は押し黙って、あらぬ方を見ている。その夜は、なんとはなしに千代松に泊ろうかと思っていたが、十左衛門の酔態を目にしているうちに急に気持ちが失せていく。

「儂は戻るぞ」

もう、聴こえはしないのだろう、と思いながらも声をかけて立ち上がったとき、不意にある考えが過《よぎ》った。馬鹿げていると打ち消して離れの座敷をあとにしたが、どうにも気になって、母屋に通じる渡り廊下に足をかけたところで背中を返す。

「ちと、尋ねるが」

座敷に戻ると、島田勘助は中山藤兵衛の別邸で下女をしていたという若い女に声をかけた。

「そのほうが見たという女は五十半ばで、顎に黒子《ほくろ》がなかったか」

少し頭を傾《かし》げてから、女は答えた。

「いいえ」

そして、続けた。

「わたくしと同じような齢格好でございました」

「そうか」

勘助はふっと息をついてから、まさかな、と思った。

もしも生きていれば、民江は五十四になっている。

九月二十七日　柳原

明けて九月二十七日の朝五つ半、藤兵衛が女を囲っていると三雲十左衛門が言ったその別邸のひと部屋に、阿部重秀と森田啓吾、そして中山藤兵衛の三人は車座になって談笑していた。

それぞれの傍らには幾冊もの本が積まれている。来春の開館を目指して整えている、柳原文庫に収蔵する本選びである。

本草書と農書、それに蘭書を中心に揃えて、身分のいかんにかかわらず、そして、広く国外にも開放しようとしている。

「では、今日は蘭書周《まわ》りだな」

雑談を納めて、重秀が口を開く。

「まずは、啓吾からいこうか。なにか嬉しがらせてくれるものは手に入ったか」

本の用向きで集まるときは、席順を忘れる決まりになっている。そこと決めている部屋には床の間もない。

「はっ」

啓吾は積んだ本の上から二冊を手に取って前に差し出した。

「最初は大槻玄沢先生の『蘭学階梯《かいてい》』でございます」

「ほお。しかし、『蘭学階梯』は既に幾冊か揃えておったと思うが」

重秀が顔を向ける。

「武家のみならず、百姓、町人にも門戸を開くという柳原文庫の性格上、同じ書籍でも数冊の用意が必要かと思われます。それで、手に入れることができるときには、手に入れるようにさせていただいております」

「おう、それでよい」

独学で本草を学んだ重秀が骨身に染みた苦労が、本を借りるところがないことだった。黄表紙の類ならばいくらでも貸本屋があるが、本草書や農書などの物之本となると皆無と言ってよい。

千代田城の紅葉山《もみじやま》文庫には十万巻を超える書籍が収められていると聞くが、建っている場所は歴代の将軍様の霊廟の隣だ。他の藩や家塾の文庫にしても、市井《しせい》の者には開かれていない。ならば、そのどこにもない文庫を柳原につくってしまおうと重秀は考えた。まだ三十代の、御蔵手代の頃である。

重秀にとっては、それも興産の事業だった。

誰もが使える文庫ができれば、国内の好学の士を励ますばかりか、全国からさまざまな学者や篤農家、いや、そういう枠を嵌《は》めずとも本がなくてはならない者たちが柳原を訪れる。

しかも、柳原文庫は外への持ち出しはできない代わりに、写本は認める仕組みにする。おのずと滞在は長引いて、柳原に全国の知識や智慧が集まることになる。智慧と智慧が出会えば、さらに大きな智慧が生まれる。その大きな智慧が、やがては柳原という国の大きな力になるだろう。

夢で終わるかもしれぬと戒めていたその文庫がいよいよ次の春にできる。ひとえに森田啓吾と、中山藤兵衛の助力のお陰だ。どこにもないものをつくるような企ては、本心でそうしたいと願う者が渦を巻かないと、けっして陽の目を見ない。

「また、この二冊は福知山《ふくちやま》藩の御藩主、朽木《くつき》昌綱《まさつな》様の御援助で出版された初版本でございまして、蔵書としても価値があろうかと存じます」

啓吾の様子は、重秀がいつでも江戸へ出ろと言った八日前と変わらない。目の前の本だけに向き合っている。

「それは、それは。わたくしも是非一冊、所望したいものですな」

中山藤兵衛が口を挟む。藤兵衛の蔵書は農書にとどまらずに広がっており、今回も相当数の本を柳原文庫に寄贈している。

「その儀は、今回はご遠慮願いたく」

三人は声を立てて笑う。

自分の笑い声を聴くと、重秀はいつも奇異な想いを抱く。もう、かれこれ二十年以上、人の目を遠ざけなければならない暮らしを続けている。かといって、御勤めに手を抜くわけではなく、こうして命じられてもいない柳原文庫の準備を整え、そして笑いもする。

「次に、これはかなり希少と思われますが、九年前に阿蘭陀で刷られたばかりの蘭仏辞典でございます」

変わることなく勤め続けているあいだに、綱渡りのような暮らしの綱は随分と高くなった。落ちれば無事では済まぬし、いまとなっては少なからぬ巻き添えも出してしまう。その高さに馴れることはないが、しかし、足は動いている。なぜ動くのだろうと訝《いぶか》りつつ、日々、重秀は綱を渡っている。

「フランソアハルマなる阿蘭陀人が著したもので、まだわが国には蘭和辞典がございませぬが、もしもできるとしますれば、これを基にして編纂されるのではないでしょうか。蘭語の選択が過不足なく、適切でありまして、この作業を省くことができるだけでも大いに助かります」

啓吾が話を続け、重秀が手を延ばして頁を捲《めく》る。

「おそらくは、この一冊があることで、多くの蘭学者が柳原文庫を目指すのではないかと思われます。全国の俊英が自然と集うことによって、柳原藩を智慧の集まる国にするという執政のお考えを実現する上で、大いなる力になろうかと存じます」

「さもあろうが、しかし、これは扱いに工夫がいるな」

重秀が口を挟む。

「いまのところ蘭書は邦訳されたものしか許されていない。私蔵の書を伝《つて》で読むなら黙認もされようが、国が整える文庫に堂々と原書を置くのは御公儀に反旗を翻《ひるがえ》すようなものだ。そこが疵《きず》になって、文庫全体を立ち行かなくさせることも考えねばならん」

これこのように、綱を渡りながらも、いかにも真っ当なことを言うのだと重秀は思う。

「わたくしもそれを怖れて、この辞典は柳原文庫ではなく森田家蔵書とさせていただくことにしました。柳原文庫と森田家蔵書の関わりをどのようなものにするかは、さらに考えを進めたいと存じております」

「お若いのに、森田先生はほんとうに目が行き届きますな」

藤兵衛が自分で言って自分で頷く。

「再三、お願いしておりますが、先生はお止めください」

啓吾は真顔で頭を下げた。

「わたくしから見れば、先生でしかありえませぬが、そうおっしゃられるなら」

もしも、啓吾がほんとうに今日明日にでも柳原を出るとなれば、開館の準備は相当に滞《とどこお》ることになるだろう。おそらくは、火が消えたようにもなるはずだ。とはいえ、やはり致仕は避けられない。さすがに、もう、人の目から遠ざかって、綱を下げなければならない。

「そして、最後は今年刷り上がったばかりの本で、『西遊旅譚《さいゆうりょたん》』全五巻でございます」

「司馬江漢《しばこうかん》の？」

重秀が手を延ばす。

「さようで。一昨年の司馬先生の長崎旅行記が早速刊行されました。絵が主体の本ではございますが、智慧は文字のみで伝わるわけでもなく、こういう本もあってもよかろうかと存じております。わたくしからは、今回は以上です」

中山藤兵衛の別邸は、鶴瀬川を見下ろす台地に建てられている。別邸とはいっても遊興のための屋敷ではなく、用水が手当できぬ土地でどのような作物を栽培すべきなのかを確かめるための館と言ってよい。まさに、本草の親試実験を実践する場である。

慶長から既に二百年近くが経って、水田にできそうな土地はあらかたが開発し尽くされている。残されているのは、どうやっても用水を引くのが難しい台地がほとんどだ。屋敷は一応静養にも耐えられるよう丹精に整えられているが、米沢に倣った五加木《うこぎ》の生け垣の外に拓かれた広い圃場《ほじよう》には、いわゆる四木三草や果樹をはじめとするさまざまな農作物が育てられている。

実際、そこで栽培して初めて分かったことは多々ある。

三草の一つである藍《あい》は乾いた台地ではまったく物にならなかった。呆れるほどに肥料を求めるのである。あとになって、藍の本場である阿波《あわ》藩では藍を育てるために川に堤防もつくらないと聞いたが、それは頻繁な洪水が養分を運んで、藍の栽培に適した肥沃な氾濫原をつくるからだった。米を犠牲にして、藍をつくっていたのである。

一方、やはり三草に数えられる紅花《べにばな》のほうは呆気《あっけ》ないほどに育てやすく、むしろ、栽培作物として成功させる鍵は、商いの仕法をどう組むかであると知れた。そうした試みが日々繰り広げられ、小さな失敗の積み重ねが大きな智慧を育てている。

「それでは、次はわたくしが」

藤兵衛が言う。その日も柳原の晩秋には珍しい暖かな陽気で、藤兵衛の背後の障子がわずかに開けられている。隙間からはよく手入れされた庭がのぞき、わずかに残ったイロハモミジの葉の赤を、北の真っ青な空がいやが上にも際立たせていた。

「と、申しましても、お恥ずかしい限りでございますが、今回はこれといった物を入手することがかないませんでした。いずれも慰《なぐさ》み物のような本でして、これは後藤光生《ごとうみつお》著の『紅毛談《おらんだばなし》』二巻でございます。ごく市井に向けた本ではございますが、阿蘭陀の地理や風俗、動植物などがひと通りまとめられており、あのエレキテルを初めて紹介した著作としても知られておりますれば、ま、ひとつあってもよいかと」

「後藤光生……たしか本草学者であったな」

　重秀が言う。

「二十年近く前に亡くなりましたが、田村藍水《たむららんすい》先生の御門人で、あの平賀源内先生とは同門になります。『本草綱目』の『補物品目録《ほぶつぴんもくろく》』を著したのが後藤光生先生でございます」

　啓吾が受ける。

「そうでしたか」

　藤兵衛は顔を上げた。

「『本草綱目補物品目録』は手元にありますが、著者名まで記憶しておりませんでした」

「儂とて、そうだ。次は？」

「同様の物ではありますが、こちらは三年前に序刊されたばかりの『紅毛雑話《こうもうざつわ》』全五巻でございます。著者は、幕府奥医師を勤められる桂川甫周《かつらがわほしゅう》先生の御実弟の森島中良《もりしまちゅうりょう》様」

「森島殿も医師であったな」

「医師で、戯作者で、狂歌師でもあるそうです。いろいろと、興味が湧き出る方のようでござりますな。この本では、兄上の桂川甫周先生が阿蘭陀人に面談して仕入れたさまざまな新知識を、自ら挿絵を描くなどして分かりやすく紹介する役に徹しておられます」

「桂川先生は、奥医師は奥医師でも外科で最上位の法眼《ほうげん》だ。あのツンベルクから直々に指導を受けており、蘭書を制限なく読むことが許されている蘭学者でもある。きっと、すこぶる含蓄のある話が詰まっているにちがいない」

重秀の顔が綻ぶ。

「そうです。慰み物どころではありません。桂川先生がツンベルクから学んだときは、中川淳庵《なかがわじゅんあん》先生とご一緒でした」

啓吾も大きく頷いた。

「中川淳庵先生と申しますと、あの『解体新書』の」

藤兵衛が啓吾に顔を向ける。

「さようです」

「お二人から、そう言っていただけると、なにやら面目を施せたような。今回は、わたくしはこの七冊のみでございますが、ほっといたしました」

「それでは、次は儂の番というわけだが、今回は自慢させてもらうぞ」

阿部重秀はことさらに胸を張った。ともあれ今日は、柳原文庫の本選びだと重秀は思う。

「それは、楽しみでござりますな」

啓吾と藤兵衛が目を輝かす。

「実はな、阿蘭陀通詞の本木良永《もときりようえい》先生の訳書がまとめて手に入ったのだ」

話しながらも、顔から笑みが洩れる。

「既に『平天儀用法《ひらてんぎようほう》』は書架にあるが、今回は『天地二球用法《てんちにきゆうようほう》』と『渾天地球総説《こんてんちきゆうそうせつ》』、そして『阿蘭陀全世界地図書訳《おらんだぜんせかいちずしよやく》』を入手することができた」

「これは、すごい！」

「『阿蘭陀全世界地図書訳』は今年序刊されたばかりではありませんか」

啓吾の頬に赤みが差している。

「そのようだ」

「まさに、本木良永先生ならではの御仕事ですね。大通詞《おおつうじ》、本木家は代々蘭学者としても優れた当主を輩出していますが、なかでも良永先生は傑出しているという評価がもっぱらです。なにしろ、大通詞というと、あの吉雄耕牛《よしおこうぎゅう》先生という巨星がいらっしゃるので、あまり目立つことはありませんが、もしも吉雄先生なければ本木良永先生が巨星として輝いていたことでしょう」

「吉雄耕牛先生か。『解体新書』の序文も吉雄先生が書かれていたが、わが国の蘭学者で、吉雄先生の世話になっていない者はないと言うな」

「さようです。医師としても卓越しており、先生が創設された吉雄流紅毛外科は楢林《ならばやし》流と双璧をなしております」

「長崎の家塾はなんと申したか……そうそう、成秀館《せいしゅうかん》だ」

ひとつ息をついてから重秀は続けた。

「啓吾は、長崎はどうなのだ？」

「執政！」

食い入るように見ていた『天地二球用法』から、森田啓吾が顔を上げる。この国で初めて、地動説に触れたのが『天地二球用法』である。

「わたくしは江戸にも長崎にも参りませぬ」

やれやれ、という声の色である。

「八日前にお話しさせていただいた折り、そういうことで落ち着いたではありませぬか」

最後は笑みが洩れる。

「その儀でございますが……」

重秀が唇を動かす前に、藤兵衛が声を発した。

「恐れながら、このところの状況からいたしますと、いま一度、お考えいただく必要があろうかと」

穏やかではあるが、きっぱりとした口調である。長英が戻りしだい、致仕を願い出る件は、啓吾に話したあと直ぐに藤兵衛の耳にも入れている。

「儂が要《い》らぬことを申したな。それについては午《ひる》にでも話そう。いまは、ともあれ蘭書だ」

「さようでございますな」

三人は再び、前のめりの姿勢に戻った。

「今日は陽気がよろしいので、外での小午《こひる》にさせていただきました」

午九つになると、中山藤兵衛がそう言って、二人を陽の降り注ぐ前庭に誘《いざな》った。揃って足を向けると、そこには幾枚もの筵《むしろ》が敷かれ、輪切りにした根のような物がびっしりと並べられて陽を吸っている。その傍らの莚《ござ》に、茶の用意がしてあった。

「これは、なんだ?」

莚に腰を下ろした阿部重秀が筵に目をやって言う。

「凍《し》み芋にございます」

藤兵衛が急須を手にして茶を注ぎながら答えた。

「凍み芋?」

「昨年、甲州より、救荒の糧《かて》として清太《せいだ》芋《いも》の種芋を手に入れました。春に作付けして夏の終わりに収穫し、一部はそのまま食してみましたが、あらかたはこのように凍み芋にしてございます」

「これが噂に聞く清太芋か。して、どのようにして凍み芋にする?」

「収穫のあと、そのまま外に置いて外気に晒《さら》し、さらに水をかけるなどして、凍らせながら冬を越させます。凍らせることによって、水を抜くのでございます。

春になりましたら、溶けてきた芋を薄く切り、水の流れにたっぷりと晒してから、桶に移して赤みがかった水が出なくなるまで水替えをいたします。それを、このように天日で干し上げますと日持ちがするようになりますので、あとは適宜《てきぎ》、臼で引いて芋粉《いもこ》にするのでございます」

藤兵衛は傍らに置いていた椀を手にして、なかの白い粉を披露した。

「このまま芋粉だけで捏《こ》ねて芋餅にしても十分に喉を通りますし、栃《とち》や志段味《しだみ》のように、米や蕨《わらび》、蕎麦の粉と混ぜて団子にしてもよかろうかと存じます。今日は、お二人に清太芋を試してみていただきたく、この芋粉の糧飯《かてめし》のみで小午とさせていただきました」

「それは、格好だ」

「甲州では、この清太芋で飢饉を乗り切ったと伝え聞いております。かねてから、どのような芋なのか、この目でたしかめてみたいと思っておりました」

森田啓吾の言葉が終わらないうちに、藤兵衛の家の者が餅やら団子やらを運んでくる。そのままの物、荏胡麻《えごま》やきな粉をまぶした物、醤油だれ、味噌だれの物、いろいろである。

「では、まず素《す》のままの芋餅からいこうか」

重秀が手を延ばして頰ばる。

「これは癖がないな！」

嚙んだとたんに声を上げる。

「たしかに、なにも言われないまま出されれば、救荒の糧飯とは思えませんな」

啓吾もあっと言う間に芋餅を腹に送って、荏胡麻の団子に手を伸ばした。

「いや、むしろ旨いと言ってもいい」

勢いよく、啓吾は顎を動かす。

「たしかに、旨い」

重秀も餅を呑み下して味噌だれの団子を手に取った。

「救荒の糧飯はふだん食べるとさすがに往生する。スベリヒユの浸しを口に入れたときは、最初のひと口はまだよいのだが、だんだんと喉を通すのが難儀になった。やはり、あれは他になにも喰う物がないときでないと辛いな。それに比べて、この清太芋はふだんでも立派に喰える。これはよい。おまけに、伝え聞いたところによれば、痩せた土地でもすくすくと育つというではないか」

「たしかに肥えは求めず、荒れ地でも育ちまするが」

藤兵衛は言う。

「けっして丈夫な作物ではございません。病にかかりやすく、また、連作も利かぬようでございます。実際、昨年植えつけた際は線虫で苦労いたしました。連作のほうはどうなのか。いま外の圃場では二つの仕法を試しております。一つは、収穫したまま。いまひとつは収穫のあとに菜種《なたね》を撒き、菜種が終わってから堆肥を鋤込《すきこ》みました。これにつきましては森田先生の御指導を頂いております」

「先ほど、先生はお止めくださいとお願いしたばかりですが」

啓吾は言った。

「そう、おっしゃられましてもなあ」

藤兵衛は首を傾げる。

「この圃場は森田先生なくして立ち行きません。わたくしとしては、先生とお呼びするしかないのでございます。あっ、失礼ながら、その先生で、思い出してございます」

二人の湯呑みに茶を足してから、中山藤兵衛は続けた。

「先刻、わたくしが申し上げようとしましたのは、隣国、笠森藩の竹内晴山先生に関してでございます」

「晴山先生か」

阿部重秀は腕を組む。荻生徂徠の書をひもとき始めた頃、重秀は幾度となく竹内晴山の屋敷を訪れて教えを乞うた。

「当初こそ、寛政異学の禁に抗議されて御腹を召されたという話で落ち着いておりましたが、ここへ来て笠森藩内の様子はがらりと変わっております」

中山藤兵衛は隣国にも干鰯《ほしか》問屋を出していて、内情に通じている。綿花の栽培が広まってから魚肥の使用はごく当り前になり、多肥栽培を奨励する篤農家も少なくない。避けて通れぬなら自ら手を染めて能《よ》く知り、脇目ではなく正面から直視せねばならぬというのが藤兵衛の構えだ。

「儒家としての切腹を信ずる者は、もはやほとんどおりません。あらかたの者が、財政改革の失敗の責めを竹内晴山先生一人に負わせたと考えております。御藩主が奏者番になられたとはいえ、息つく間もなく御用金の調達を命じ続けた江戸定府《じょうふ》の者に対する国元の反発はすこぶる強く、いまや笠森藩は国が割れんばかりの状況にあります」

陽は変わらずに柔らかく降り注いで、生け垣の五加木の葉がちらちらと輝いた。五加木もまた、救荒の糧である。

「江戸表は、国元に声をひとつかければ金がいくらでも湧き上がってくる、とでも考えているのではないか。そういう国元軽視が、碩学《せきがく》の命を奪ったというわけでございます。ほどなく、その熱気は柳原藩にも伝わりましょう。かかる状況下で勝手掛執政の阿部様が自ら致仕されたとなれば、潔さに喝采を送る者よりも、竹内晴山先生の二の舞になるのを怖れて逃げたと受け止める輩《やから》のほうが多くなるのは必定《ひつじょう》でございます」

重秀は頷く。逃げたと言われれば、たしかに逃げたことになる。

「阿部様の御名《おな》に傷がつくばかりか、ようやく軌道にのりかけた興産も頓挫《とんざ》しかねません。江戸から長英様が戻られて、用人になられるのがいつかは存じ上げませんが、もしも近々のようであれば、致仕を考え直される必要もあるのではないかと思われます」

藤兵衛は分かっている。藤兵衛だけが、なぜ重秀が人の目を遠ざけねばならないのかを承知している。その藤兵衛が、致仕をしばし思いとどまれと言う。大丈夫だと言うのだろう。人の目は防ぐと言うのだろう。が、防いでくれたにしても、もはや潮時であることに変わりはない。人の目は遮っても、己の目がある。それに、阿部の家から出す重臣は一人である以上、重秀はその一人に長英を選ぶ。

「そのことは儂も考えた」

茶を含んでから、阿部重秀は言う。

「この時節での致仕が逃亡と受け止められる怖れがあることは藤兵衛の申す通りだろう。儂の名などどう傷つこうと一向に構わんが、それで興産が立ち行かなくなるのはなんとしても避けねばならん。だがな、親子でふたつの重臣の椅子を占めるのも、なんとしても避けねばならん」

陽が雲に入って、晩秋の冷気を伝える。

「岩渕家老は柳のようだが、儂はずっと御側《そば》におって、口に出したときには既に決していることを知っている。あの御方に限っては、言葉になったときには、もはや動かしがたい。間違いなく近々、長英は江戸から戻って用人に就くのだ。長英が用人になる以上、儂が退かねばならぬ。役方としての長英は、お主らには頼りなく映るかもしれんが、儂は長英にこれまでにない役方を見ている。番方とか役方とかいった垣根を超えた、新しい国の船頭だ。儂はあくまで役方という枠のなかでの役方だが、長英はちがう」

直ぐにまた陽が顔を出したが、温かさは直ぐには戻らなかった。

「敢えて、出過ぎたことを申し上げますが」

中山藤兵衛がきつく結んでいた唇を開いた。

「よい。出過ぎたことを言ってくれるのは、お主ら二人だけだ」

藤兵衛はなにを語るのだろう。

「いまのお話には、阿部様の長英様に対する遠慮、あるいは願望が入ってはおりませぬか」

ふっと息をついてから、阿部重秀は答えた。

「入っておるだろう」

目は、五加木の生け垣に預けている。

「こういう機会だから、啓吾にも聞いておいてもらおう。理津のことだ」

思わず森田啓吾は顔を上げた。

「儂の長英に対する気持ちを知ってもらうには、理津のことに触れねばならぬ」

重秀は五加木から目を戻す。

「長英と縁を結ぶ前の理津の噂は、啓吾の耳にも入っているかと思う。十八のときに、欠け落ちたという噂だ。あれは事実である。相手は、理津が十六の頃より始めた俳諧歌の点者《てんじゃ》で、三日後、幕府御領地を通る脇街道の旅籠《はたご》にいたところを連れ戻した」

再び陽が隠れて、少し風が動いた。それだけで首筋が肌寒い。

「そのとき理津は、これで自分は母親と同じになったと言ってな。それがどういうことを指していたのか、男親《おとこおや》の儂にはいまだに分からん。いや、そのままの意味なら分かる。母の民江は理津が四つのときに、やはり男をつくって欠け落ちた。その母と一緒になったと申しておるのだろう。儂が分からんのは、その先だ」

昼を動かす重秀を、啓吾は凝視していた。重秀の言うとおり、十六で阿部の家に若党として入ってほどなく理津の噂は耳に入ってきた。とはいえ、十六の啓吾には欠け落ちという言葉がいまひとつくっきりとした輪郭を結ばなかったし、さながら山桜の白い花弁のように清らかな二十歳《はたち》の理津が、男と逃げたことがあると聞かされても、あまりに現実感がなかった。ずっと本草の本に埋もれていた少年は、理津と出会って初めて、女が美しいことを知った。

「理津には、民江が欠け落ちたことも、儂が妻仇討ちを果たしたこともきちんとは言ってこなかった。が、十八になるまでには、どこからともなく耳に入っていたと思う。理津のあの言葉は、四歳の自分を置いて男と逃げた母への怨みなのか、そうではなく、自分の母を手にかけた儂への怨みなのか、あるいは、そのどちらでもないのか、いくら考えても答えは出ず、儂は連れ戻した理津とどう向き合えばよいのか分からなかった」

啓吾の目に映った理津は、いつもそこにいて、そこにいないようだった。北国ならではの凍てつく冬も、北国なのに風が止まって堪《た》えがたく蒸す夏も、感じていないかのように様子が変わらず、銀杏《ぎんなん》の形をした目を伏せがちにして淡々と家事をこなした。

一度、水を飲みに台所へ足を運んだとき、糠床に手を入れていた理津が珍しく晴れやかな笑みを浮かべて、食べますか、と声をかけてくれたことがある。頷くと、小ぶりの窪田茄子《くぼたなす》を手際よく洗って手渡してくれた。あの小茄子よりも旨い茄子を、啓吾はいまだに知らない。

「儂は直ぐに答の出ない問いから逃げて、そんな後ろ向きのことよりも、瑕《きず》のついた理津の身の立て方を考えるほうが先決であると思い直した。もはや、理津を嫁に迎える家があるとは思えなかった。部屋住みで鬱々《うつうつ》としている者ならば婿には来てくれるかもしれぬが、家督目当てであることは明白である。それで阿部の家は続くかもしれぬが、そんな男に理津を預けたくはない。生涯、理津が独りでもやってゆけるような路に想いを巡らせつつ時を送って、理津が二十歳になったとき、然るべき人物を介して入り婿の話を寄せてくれたのが小林長英だった」

阿部の家に婿が入るのを聴いた日のことを、啓吾はいまもはっきりと覚えている。訳の分からぬ気持ちを抱えたまま台所に足を向けると、水屋から椀を取り出していた理津が顔を向け、いつもの穏やかな声で、どうしました？ と言った。一気に恥ずかしさが込み上げて、なにも言葉を発せられずに背中を返した。

「小林長英にしても嗣子《しし》ではなかったが、名門譜代の家柄であり、石出道場の免許皆伝である。長英ならいくらでも養子話を選べたはずで、家督欲しさに阿部の家に入ろうとするわけもない。儂は異例を承知で直に長英と会った。時期はほとんど重なっておらぬが、儂も石出道場に奥山念流を学んで、一応目録を取っておる。同門という体《てい》で顔を合わせ、真意を糾《ただ》した」

あのとき、婿として姿を現わした男がもしも小林長英でなかったら、自分はいまこのように平《たいら》かな気持ちでこの場にはいられなかっただろうと啓吾は思う。国でも屈指の剣士と聞いて身構えていたのだが、実際に目にした長英からは汗の臭いは微塵《みじん》も届かなかった。なぜか啓吾は、長英の佇《たたず》まいが晩秋の冷気に包まれた鶴瀬山を仄赤く染めるナナカマドの実と重なって、思わず軀の力を抜いた。

「なぜ理津なのか直截《ちょくさい》に問うと、長英はぽつりと、見初《みそ》めましてございます、と言った。五年も前のことだそうだ。その年、一の宮の例大祭で奉納の舞いを舞う三名の巫女役の一人に理津が選ばれた。その舞いを目にして以来、ずっと想っていてくれたらしい。二年前のことは知っているかと続けると黙って頷き、いささかも変わりませぬと答えた。儂としては望外の喜びであった。理津の身が立ち行き、阿部の家も存続させることができる。理津に話すと、しばらくは怪訝《けげん》な顔をしていたが、返事を促すと、父上のよろしいように、と答えた。儂は一も二もなく、受け入れることにした」

自分が初めて会う五年も前より長英が理津から目を切らなかったことを、啓吾は初めて知った。

「以来七年、縁は切れることなく続いている。口数の少ない二人ゆえ、どこまで睦《むつ》まじくあるのかは男親からは分からず、いまだに子も授かっておらんが、そんなことはどうでもよい。虚心に阿部の家に来てくれたことだけで、また、理津と収まってくれているだけで、儂は長英に恩義を感じている。それゆえ藤兵衛が申すように、遠慮があると指摘されれば、その通りだ」

阿部重秀は湯呑みを手にしたが、口にはもってゆかずに、そのまま元の場所に置いた。

「一方、長英を役方に就けたのは儂の欲というしかない。初めは、地方御用はあくまで自分だけと戒めておったのだが、ひとつ屋根の下に共に寝起きするうちに、いつしか儂の仕事を継いでもらいたくなっていた。二人には釈迦に説法だが、手を抜くことなくこの御役目を成し遂げようとすれば、書籍にも書かれておらぬ伝えるべきことが無数に溜まってくる。そのたんと溜まった諸々を、儂は長英に引き継いでもらいたかったらしい」

時は、午八つに近づいて、晩秋の陽が急に傾く。しかし、三人は薄くなった陽に気づかずにいた。

「そのとき儂が役方としての長英の器量を見極めたかと問われれば、答えに詰まる。類希《たぐいまれ》な剣士ゆえ、周りを観《み》る目には卓越したものがあるが、独り高みを目指すことが習いになっているせいであろうか、人と人とを結びつけるのは不得手、というよりも気が行かない。言い出せば諸々あって、だから、これも藤兵衛の申すように、願望であると言われれば断じてちがうとは返せぬ。が、この件に関しては、儂は願望ではないとも思っている」

ひとつ息をついて、重秀は続けた。

「武家は学問において学者にかなわん。地方のことは村役《むらやく》にかなわん。商いも、商人《あきんど》にはかなうまい。武家はさまざまな仕法の力において他の身分に劣る。さすがに軍事だけは秀でているかと言えば、御公儀開闢《かいびやく》とともに武家は鉄砲を遠ざけ、刀を尊ぶに至った。鉄砲での戦《いくさ》を究《きわ》めぬ者が、軍事に卓越しているはずもない。すべてにおいて劣っている以上、武家の武家たるなにものかをもって世の力にならねばならん。儂は、その武家の武家たるなにものかにおいて、長英は儂よりも遥かに秀でていると思っている」

じっと聴いていた中山藤兵衛が家の者を呼んで、新しい茶の入った急須を持って来させた。

「わたくしが危惧いたしますのは……」

空になった二人の湯呑みに熱い茶を注ぎながら言う。

「もしも阿部様の想いが願望であったとき、あるいは長英様のほうが竹内晴山先生の二の舞になるかもしれぬことでございます」

湯呑みに落としていた重秀の瞳が動いた。

「長英様はこの国のどなたよりも武家らしい武家でございます。なにが武家らしいかと申さば、死に狂う情動をどなたよりも備えておられるようにお見受けすることでございます。武家ならではの、死に焦がれる想いをどなたよりも抱え、その想いをいつでも解き放そうとされている」

己の発した言葉の意味をたしかめるように間を置いて、藤兵衛は続けた。

「長英様の周りにいつも張り詰めた空気が満ち、常人が近寄りがたく感じるのは、長英様が秘めた死に狂う情動のゆえではございませんでしょうか。阿部様ならば苦もなく堪えられるところで、長英様は容易に死に魅入られてしまう。なぜか、そのように危惧されてなりませぬ」

「儂もそれは感じていた」

湯呑みを両手で抱えながら重秀は言った。

「先刻、石出道場に通った時期はほとんど重なっておらぬと申したが、実は一度だけ、木剣を合わせたことがある。御役目に専心するため道場と距離を置く直前で、儂がちょうど四十、長英が十六のときだったと思う。初めは形の基本を導くくらいのつもりであったのだが、構えたとたんに儂は十六という長英の齢を忘れた。長英はそれまで儂が相対した者たちの誰ともちがっていた。技はまだ未熟だったが、その剣気の深さはどんな手練《てだれ》をも凌《しの》いでいた。なぜか、と訝《いぶか》って、直ぐに、打たれることをまったく怖れておらぬことに気づいた。十六の頃から、藤兵衛が申すように、長英は死に狂っていたのかもしれぬ」

傍らに立つイロハモミジの葉がまた一枚散って、三人が座す蓙《ござ》に舞い降りた。

「ふだんの長英は寡黙で、常に鎮まっておるように映るゆえ、その情動は常人には見えん。見えんが、感じるゆえ、周りの者に緊張を強いる。それは役方としては短所かもしれぬが、儂は死に親しむその構えこそが武家の治者には不可欠であるとも思う。が、藤兵衛に言われてみれば、たしかに儂よりも長英のほうが晴山先生の二の舞になるやもしれぬ。とっくに気づいておってよいのに、藤兵衛の申す通り遠慮と願望がない混ぜになって見落としていた。いかんな。そのことについては、しばし考えさせてくれ。固まったら、また二人に聴いてもらおう」

中山藤兵衛が笑みを浮かべて、少々冷えましたな、と言った。

八つ半になって、森田啓吾は柳原文庫の蔵書目録を整理するために別邸を後にし、阿部重秀と中山藤兵衛だけが残った。

「今日は、お会いになって戻られますか」

啓吾を見送ると、藤兵衛は並んで立つ重秀に言った。

「そうだな」

重秀は思案する風を見せる。

「もう三月《みつき》、言葉を交わされていないようにお見受けします」

「ああ」

藤兵衛の別邸に足を運ぶたびに、遠くから立ち働く姿は目にしている。が、この前に顔を合わせたのは、言われる通り初夏《はつなつ》の頃だった。

「実は、林檎《りんご》を育てております」

藤兵衛は五加木《うこぎ》の生け垣の向こうを見やった。

「十数年前より加賀林檎と高坂林檎、それに津軽のりんきの三種の苗木を取り寄せて試しておったのですが、そのなかに一本、変わった苗木がありましてな。さほど肥えは求めないのに実が大ぶりで、夏の末ではなく秋に収穫いたします。これを柳原林檎にできればと思い、畑を整えました。いまは収穫が終わって、皮削りと剪定を進めているところでございます」

重秀に顔を向けぬまま、藤兵衛は続ける。

「生け垣を出て右手、桑畑の向こうが林檎畑でございます。そこで、作業をしていらっしゃいます。いまはお一人です。畑の一角に、風が避《よ》けられる四阿《あずまや》もございます」

阿部重秀の顔が右手を向いた。

「わたくしはこれから離れへ行って、妾《めかけ》と茶飲み話でもしてまいりましょう」
笑みを浮かべた藤兵衛がおもむろに側を離れて、随分と傾いた陽が背中を照らす。その妙に明るい背中に押し出されるようにして、重秀は陽に向かって足を踏み出した。

生け垣を出ると、そこは梨畑である。越後の淡雪と類産、土佐の今村秋、それに美濃の大古河が育っている。早生《わせ》の淡雪は収穫を終えているが、晩生《おくて》の類産と大古河はまだ実が残って、横殴りの陽を照り返している。

最も土地に合った梨を、中山藤兵衛は弁才船《べざいせん》に載せようとしている。弁才船は荷主の荷の運送を請け負う船ではない。船主がそのまま荷主であり、六月に蝦夷で鰊《にしん》のしめ粕を積む上りと下り、湊々で商い用の産物を仕入れて、最も高く売れるところで売る。どんな産物でも商う大店《おおだな》が、海に浮かんでいるようなものだ。

その産物に、柳原産の梨が組み入れられることを藤兵衛は目論《もくろ》んでいる。遊興の町として知られるに連れ、石津はただの風待ち湊から脇航路の要《かなめ》のようになった。その航路に乗せることができれば、国を超えて名前が売れる。名前が売れれば販路が広がる。

圃場を行くと、藤兵衛の頭のなかを歩いているような気になる。なにを考えているのかが作物で分かる。

書物を捲るようでもある。梨の章を捲ると、次は桑の章だが、この時期の桑畑の姿はかなり情けない。春に枝ごと切り取って葉を蚕に与えるため、切り株が並んだようになっている。けれど、その切り株に、藤兵衛は期待をかけている。藤兵衛が育てようとしているのは、ただの桑ではなく、繭《まゆ》の歩留まりを高める上で欠かせない歩桑《ぶぐわ》である。数年前から取り組んでいるのだが、想うようには運んでおらず、種川の一件が落ち着いたら次は歩桑だと常々言い合ってきた。

桑の木のあいだを歩きながら、藤兵衛が描く絵図には随分と頼ってきたと、重秀はあらためて思う。その絵図が自分を、国で並ぶ者のない地方巧者と言われるまでに育ててくれた。が、自分がこれまでに中山藤兵衛を最も頼りにしたのは、地方においてではない。自分は自分で想う以上に地方御用と抜きがたく、御勤めを全《まっと》うできなければ、いつでも竹内晴山先生のあとを追うつもりでいるが、それは自分にとって最も重いものが、御役目であるということとはちがう。

武家が腹を切るのは、腹を切る理由が重いからではない。それはいわば、林檎が赤くなるようなものだ。重いものはもっと別にある。自分は二十二年前、その最も重いものを藤兵衛に預けた。

桑畑が切れたところで足を停める。ゆったりと樹間をとった林檎畑が広がって、藍の野良着をまとった一人の農婦が立ち働いているのが見えた。

いつもは、十分な距離を保ったまま、息災《そくさい》の様《さま》を認めて背中を返す。はて、と思いつつ阿部重秀は顔を上げて天空に目を遣った。すっと、頭のなかから蘭書が消えた。あるいは、この年最後かもしれぬ深く青い空に、柳原文庫が消え、種川が消え、救荒の糧飯が消えていく。重秀はふっと息をしてから、再び一歩を踏み出し、足音を気にすることなく農婦のもとに向かった。

「幹の粗皮《あらがわ》を削るのか」

着くと、農婦は一心に林檎の幹に鎌を当てていて、その懸命な背中に、重秀は声をかけた。

「おいででしたか」

農婦は振り返って言った。渋《しぶ》手拭いを被《かぶ》った顔は四十そこそこに見えるが、顎の下には黒子《ほくろ》がある。民江は変わらずに若いと、重秀は思った。五十も半ばになっているのに、まだ奥二重の目が涼しげである。

「粗皮の下はハダニなどの冬のねぐらになります」

民江は続けた。

「また、病気の素《もと》も潜んでございます。冬を控えて痛々しくはありますが、健やかに春を迎えさせてあげるためには、幹や主枝の粗皮を削らなければなりません」

「手間のかかるものだな」

「林檎だけではございません。果樹はたいていそうでございます。柿も梨も、葡萄も、皮削りが必要です」

「それは知らなんだ」

そんな基本を自分が知らなかったことが、重秀は意外だった。果樹の手入れといえば、剪定くらいしか想い浮かばない。果樹栽培に馴染みがなかった柳原とはいえ、この圃場に繁く出入りしている自分ならば当然知っていてもよいはずである。よく分かっているつもりが、実は〝いろは〟が抜けていて、抜けたまま分かった気になっている。きっと他にも、抜けた〝いろは〟は多々あるのだろう。

「藤兵衛様とは、ご一緒ではなかったのですか」

民江は傍らに置いてあった藤箕《ふじみ》を手に取って、剝《は》いだ粗皮を集める。

「藤兵衛は妾と茶飲み話だそうだ」

重秀も辺りに落ちている粗皮に手を延ばした。

「わたくしのために御妾様《おめかけさま》を囲ってくれているのです」

「ああ」

藤兵衛の言う茶飲み話は、掛け値なしの茶飲み話だ。

「外の目を御妾様とご自分に引きつけて、わたくしに目が向かぬようにしていただいております」

「藤兵衛らしい手配りだ」

「お陰で、わたくしはこのように表へ出て、一人の農婦でいることができます」

二人の手は止まらない。

「もう、軽衫《かるさん》を穿《は》くようになって何年になる？」

軽衫は最も野良仕事に向いた野袴《のばかま》である。

「さあ、十年は超えたでしょうか。それまでは、ずっといま御妾様がいらっしゃる離れに籠《こも》る日々で」

民江は、粗皮の欠片《かけら》も見逃さない。

「何年目かを数えることもなくなった頃に、体調を崩したことがあったのですが、その際、藤兵衛様が突然、百姓になってみましょうか、と言ってくだすったのです」

「野良着も、よく映る」

「藍染めもさせていただいております」

微かに横顔が微笑んだ。

「この軽衫も、武州の技を学んでわたくしが染めました。藍を着ますと、虫が近寄りません。ここで働く皆様の野良着も、つくらせていただいております」

「そうか」

重秀の手が止まって、直ぐにまた動いた。

「痛むことはないか？」

「はっ」

重秀はおもむろに繰り返す。

「いや、怪我の痕《あと》が、痛むことはないか？」

「もう、すっかり。ご懸念には及びません」

民江は落ちた粗皮から目を外さずに、手を動かし続けた。

二十二年前、阿部重秀は欠け落ちた二人を隣り合う幕府御領地で捕捉し、崖の上に追いつめて片割れの男に剣を振るった。

それまで重秀は人を前にして真剣を抜いたことがなく、いかに妻仇討《めがたきう》ちとはいえ己が人を手にかけることができるものかと訝っていたのだが、民江の手を取る男を目の当たりにしてみれば、そんな疑念は瞬時に霧散した。

刀は滑るように抜かれ、摺り足は無駄なく動き、しっかりと立った刃筋が、脇差を手にした男の肉と骨を裂いた。重秀は、吹き上がる血潮にも自分が怯《ひる》まないことを知った。

そのとき倒れた男が背後にいた民江にぶつかり、悲鳴とともに民江が崖から墜《お》ちた。勝手に足が動いて転げ落ちるようにして下り降りると、息はあったが腕の骨が折れていて、苦痛に歪む顔を目にするうちに、命を絶たねばならぬという想いを、命を救わねばならぬという想いが退《しりぞ》けた。

御領地の代官所には、男は切り捨て、妻は崖から転落して急流に流されたと訴え出て、妻仇討ちの改め状を貰った。代官所はどこも預かる石高に比して詰める人の数が少なく、おのずと多忙であり、小国の一藩士の妻仇討ちなんぞにまともに向き合って、いちいち吟味しようとはしなかった。

たまたま外科の看板を掲げている医者があって、そこに民江を預け、自分は国に戻って無事本懐を遂げたことを届け出るとともに、中山藤兵衛に然《しか》るべき始末を頼み込んだ。あるいは、そうしているうちにも民江は自ら命を絶っているか、あるいは姿を消しているかと思ったが、家の者たちを引き連れた藤兵衛と共に医者のもとへ戻ると、民江はそこにいて、あとは、藤兵衛が万事収めてくれたのだった。

民江が藤兵衛の別邸に引き取られた最初の十年余り、阿部重秀は一度も民江に会わなかった。憑《つ》かれたように立ち動いたあとで振り返ってみれば、自分の取った行動に対して疑念ばかりが湧いた。

なによりも、なんの疑いも持たずに相手の男を斬り殺した己に、不信を抱いた。激情の赴くまま、いとも簡単に妻仇討ちの定めに乗ってしまったが、よくよく考えれば、ちがうやりようもあったはずである。

そのくせ、不測の成り行きとはいえ民江は救い、怪我が癒えたあとも手をこまねいて、あらためて命を絶とうとしなかった。荻生徂徠の『南総之力』ではないが、里に近い郡役所で地方御用を続けてきた自分は、いささかなりとも人の世に通じているはずであると重秀は思ってきた。が、御領地の崖の上で出会った自分は、粗野で、短慮で、嫉妬深く、狡猾で、腰が据わらなかった。民江が圃場に出るようになってからは、折りに触れて、遠くからその姿を認めるようになった。いるな、と思い、生きているのだなと思った。話し声の届かぬ距離から目にする野良着を着た民江は、不思議なことにいつも元気で、まるで別人のようだった。が、目鼻も曖昧な小さな像など、見る側の気持ちひとつでどうにでも映る。彼方《かなた》の民江がいつも元気でいるのは、きっと自分が元気でいてほしいと念じているからに他ならなかった。

なぜ、自分は元気と見たいのだろうと考えて、命を奪わずにいることを納得したいのだろうと思うに至った。

筋からすれば、自分はあくまで民江が傷ついたから成敗をいったん止めたのであり、怪我が回復ししだい、あらためて命を絶たなければならなかった。民江にしても、たまたま長らえてしまった命を、扱いかねているかもしれなかった。己では絶てぬ命を、自分から絶たれるのを待っているやもしれない。

が、一連の始末を済ませてみれば、もはや民江を手にかける気は残っていなかった。男に手を取られた民江を認めたときには、自分はたしかに男もろとも剣を振るう気でいたはずであり、墜ちた民江を追うときも憎しみに突き動かされていたはずである。

が、折れた腕に添え木を当て、腰紐を解いて生温く湿った軀を背負い、唸《うな》りを上げながら崖をよじ上るうちに、憎しみは自分の察しにくいいずこかへ仮泊してしまったようで、いまとなっては剣を抜くことなど考えるのも憚られた。そのように斬れない己と折り合うために、元気な民江が必要なのだろうと思った。

きっと、自分は、民江が拾った命を疎《うと》ましく感じていないと信じたいのだ。傍らから眺めれば苦もなく枝葉を繁らせているかに見える草木も、世話をしてみれば懸命に生きていることに気づかざるをえない。その懸命さに包まれているうちに、いまでは、やはり命があってよかったと思えるようになっているのではないか……。そういう想いを膨らませながら、自分は民江の小さな像を見ているのにちがいなかった。

二年前、初めて民江に声をかけたのはおそらく、顔を合わせてそれをたしかめたかったのだろう。あのときも自分は、いきなり作物の話から入り、民江もまた、なんの躊躇《ちゅうちょ》もなく農婦の受け答えをした。話の中身はともかく、やりとりは淀みなく進んで、二十年の時の隔たりは感じられず、このまま回を重ねれば、やがては作物とはちがう話もすることになるのかもしれぬと思ったが、実際に会ってみれば、いつも作物の話ばかりをしていた。

　それは、自分にとっても具合のわるいことではなかった。作物とはちがう話をしてゆけば、最後は、なぜ欠け落ちたのかを訊かねばならなくなる。訊けば抑えていた蓋《ふた》が開いて、互いの傷をさらに抉《えぐ》ることになるだろう。気づくと、どこかに仮泊していたはずの憎しみが初めからずっとそこにいたように居座っていて、しごくあっさりと堰を切り、血の赤さを怖れなくする。そこにはなんとしても、立ち戻りたくはなかった。

　とはいえ、一年が経った頃からは、やはり作物の話がもっぱらとはいえ、だんだんとこの世との境界にも話は移ってゆき、時には、いまの理律の様子が出ることさえあったが、中身が二十二年前に少しでも近づくと、どちらからともなく話を戻した。

　二人はまるで、一面に墨を撒《ま》き散らしてしまって、なにが描かれていたのかも判然としなくなった墨絵に分厚《ぶあつ》く胡粉《ごふん》を塗り、その上からたどたどしく元の絵をなぞるようにして、穏やかな時を保っていたが、いつも気になっているのは、民江が別れ際に決まって、わたくしはもう元気でおります、と告げることだった。

　言葉通りに受け止めれば、元気だから安心してくれ、という心づかいとも取れようが、もとより二人は言葉を言葉通りに受け止めてよい間柄にはなく、背中を向けて歩を進めながら、それが務めのように言葉の裏を辿ると、もう元気になったのだからそろそろ決着をつけてほしい、と言っているとしか思えないのだった。

それは必ずしも、己の生を終わらせてほしいという趣旨とは限らないようだった。この前に顔を合わせた初夏、いつものように作物の話をしていたとき、民江は突然、いつ、わたくしを御屋敷に戻してくれるのですか、と言った。二度と戻れないことは重々承知しているはずなのに、そう言った。

思わず言葉に詰まって、民江の目を見た。二十年を超える人目を憚《はばか》る日々に、気を患ったかと疑い、自分が日々綱渡りを繰り返している事実をあらためて識《し》らされた。が、民江は自分がそんなことを口にしたことなど忘れたかのように直ぐに話を作物に戻し、そして別れ際、いつもの顔で、わたくしはもう元気でおります、と告げたのだった。

集めた粗皮を四阿の前の空き地に運んで火を着けた。剝いだ粗皮は夜を越させてしまうと巣くっていた害虫や病気の素が他の樹に移ってしまうのだと民江は言った。

「今日は、なんの御用でございました？」

炎が上がったのを見届けると、二人で四阿に置かれていた床几《しょうぎ》に腰を下ろし、直ぐに嵩《かさ》と輝きを増した炎に目を預けた。

「ああ」

炎はそこまで迫った冬に抗《あらが》うように鮮やかに舞っている。膝まで届く火の温もりを感じながら、阿部重秀は御蔵方の組屋敷で世帯を持った頃を思い出していた。

「来春、開ける文庫のための、本選びだ」

あの頃もこうして二人で、焚火をしたことがあった。

「昔、儂は、読まねばならぬ本を読むのに苦労してな」

手をかざした炎の色を、いまも覚えている。

「それでも、周りに藤兵衛や啓吾がいた儂はまだよい方だった。なんの伝《つて》もない者が本を読みたいと思ってもどうにもならぬ。どんな国の誰であっても本を借りて読むことができる文庫など、全国どこを探し回ってもない。いや、なくはないのだが、御公辺のものであったり、藩のものであったり、家塾のものであったりする」

　上役から縁談話が持ち込まれたとき、重秀は民江の不義の噂を知らなかった。耳に入ったのは縁組が決まってからで、まだ祝言《しゅうげん》には間があったが、噂は噂であるとして聴き流した。御勤めに限らずなんにつけ、本草の親試実験の構えで向き合ってきたせいか、流布《るふ》する言葉には信を置かぬのが習いになっていた。

「ならば、そのどこにもない文庫を、この柳原につくってしまおうと思ってな。そのままではあるが、柳原文庫と名づけた。今日は、その柳原文庫に収める本を選んでおった」

　遅めの嫁取りとはいえ、まだ三十二歳で重秀も若かった。世の中で当り前とされていることに、ことごとく挑んでかかっていた。当時の重秀には、民江にそういう噂があるのなら、よけいに嫁に貰おうというように考えを進めるところがあった。

「やはり、藤兵衛様がおつくりになるのですか」

　その重秀が、所帯を持ったあとは噂が気になるようになった。

「いや、今回も藤兵衛には大いに助けてもらっているが、つくるのはこの国だ。やがて、柳原文庫はこの国の大きな力になろう」

嫁《か》してきた民江に、不審な様子があったわけではない。むしろ、なさすぎたと言ってよい。意図してそうしているのか、少しでも疑いを招くような動きはことごとく控えているかのようで、おのずと漢詩や和歌、俳諧などの集まりに出ることもなく、ひたすら家の事《こと》に精を出していた。

「その御本をお選びになる席には、理津の婿《むこ》殿もいらっしゃるのでしょうか」

噂では民江は芸事にのめりこむばかりで家の事はまったくできぬとされていたが、共に暮らしてみれば文字通り根も葉もなく、裏の畑は民江が鋤込《すきこ》むことで蘇《よみがえ》ったし、そこで採れた小茄子の漬け物はこれまで口にしたどの小茄子よりも旨く、着る物は自在に操る機《はた》で糸から織って裁《た》ち上げた。

「いや、長英はまだ江戸だ。しかし、もう近々戻ってくる」

噂がまったく触れなかった容姿も、あっさりとした顔立ちに惹かれる重秀には好ましいもので、初めて顔を合わせたときは、茹で卵に目鼻を入れたようだと思った。つるんとして、よけいなものがなく、清々《すがすが》しかった。

所帯を持つことは家を存続させねばならぬ当主としての務めにすぎないと思ってきた重秀だが、寝起きを共にしてみれば、そこにはたしかに歓《よろこ》びがあり、日々目にする景色が鮮やかさを増すに連れて、聴き流していた民江の噂の中身をなぞるようになったのだった。

「婿殿はどのようなお方でしょう」

民江が再び欠け落ちのきっかけとなった漢詩を始めたのは、そのように、自分の脳裏に噂が棲みついたあとだった。

「先刻もその話をしていたのだがな」

とはいえ、自分は疑いを口に出したわけでも、過去をほじくり返したわけでもない。あくまで己の心の内のことであり、たとえば、縫い物をしている民江にふと目をやったとき、民江のなかにもう一人の民江がいて、いつかはその民江が動き出すような、漠とした不安を覚えるようになったのだが、それは疑念というよりも、田畑に囲まれて育った武士が、初めて味わった歓びの裏返しなのだろうと、当時の自分は思っていた。

「雪を冠《かぶ》った鋭い頂きのよう、とでも言おうか……」

言葉を選びながら、今日の民江は随分と問いを発すると阿部重秀は思った。やはり、圃場に出て軀を動かす日々が、民江の目を外へ向けさせているのかもしれない。

「清冽《せいれつ》で、無闇に人を寄せつけん。切り立って土を溜めず、草木が宿るのを許さぬ。おまけに……」

話すうちに、先刻、中山藤兵衛が言った、死に狂う、という言葉を思い出し、胸の内で転がしてから伏せた。

「折れて落ちるのを怖れぬ。そのときを待ち望んでいるようにも見える」

長英が戻ったら、どうするか……二人には、しばし考えさせてくれと言ったが、なにか腹積もりがあるわけではなかった。藤兵衛が言ったように、この時期に自分が致仕すれば改革の熱気に水が差されることは避けられない。長英は、逆風のなかで改革の切っ先に立たねばならなくなる。考えるほどに、致仕した後に全力で支えるしかないという凡庸な結末に至るのだが、果たして長英がそれで潔《いさぎよ》しとするだろうか。いくら考えても、これならばという筋は見えてこなかった。

「理津と婿殿との仲はどうなのでございましょう」

「男親の儂にはよく分からんのだが……」

答えながらも、理津の話を民江とすることへのわだかまりを感じている自分を、重秀は認める。二十二年前には触れぬようにしているものの、理津に関わる話になると、思わず、四歳の娘を置いてなんで家を出たのかを問い詰めたくなる。

赤子でも、少女でもない四歳の娘はなにかを察知したのか、母の姿が見えなくなっても、なにも問おうとはしなかった。泣きもせず、喚《わめ》きもせず、母はどこに行ったのかでも、いつ帰るのかでもなく、その無理と不自然を抱えたまま少女になり、娘になり、そして十八のときに欠け落ちて、これで母と同じになったと言った。

「傍目《はため》には、随分と淡い結びつきのようにしか見えん」

が、一つを問うて答を得れば直ぐに幾つもの問いが生まれる。一つの問いは際限のない問いを生んで、永遠に問い続けなければならなくなる。この圃場での時は、一つも問わぬことによって目に見えている幻視のようなものだ。重秀は問おうとする心を抑えて、二人を語る言葉を探した。

「まるで、川霧と山霧が交わっているかのようだ。が、儂には、その淡さにおいて、強くつながっているように思える」

「淡さ……」

「理津も長英も、なにやら生への執着が薄い。淡さはそこから醸《かも》されている。たまたま、そういう現《うつ》し世《よ》と細い糸でつながっている二人に縁があった。夫婦《めおと》になっても淡さは変わらぬが、それこそが互いに得がたく感じておるものではないか。二共に暮らしても己の淡さを乱されぬ相手などそうそう出逢えるものではない。二人の仲が淡く映れば映るほど、その結びつきは密のように思えてならん」

「随分と」

民江はだんだんと痩せていく炎に目をやったまま言った。

「目が利《き》きますな」

まるで自分といるときには、まったく見ようとしなかったではないか、と言っているように聴こえる。

それはないぞ、と重秀は思う。それを言えば、次々と言葉が生まれる。あのとき、を語る言葉が生まれる。

けれど、言葉はけっして二十二年前を語れない。言葉が語れるのは、いまだけだ。言葉が語る二十二年前は、二十二年前の己が生きた二十二年前ではない。語れば、真実を拵《こしら》えることになる。思わず身構える阿部重秀に、しかし民江は言葉を続けず、いまは炎を失って盆の麻幹《おがら》のように明滅している焚火の跡に目を預けていた。

「旦那様……」

その明滅も途絶えようとしたとき、民江がまたゆっくりと唇を動かした。

「いつ、わたくしを御屋敷に戻してくれるのでございましょうか」

そして、続けた。

「わたくしはもう、元気でおります」

陽はもう、入江を縁取る山の際《きわ》にかかろうとしている。


同じ陽を、森田啓吾は鶴瀬川の川辺で見ていた。

鶴瀬川が西に流れを変えて城下の外れに差しかかったところに、宮《みや》ノ宿《しゅく》という脇往還《おうかん》の宿場がある。

直ぐ近くに地域の二の宮である諏訪《すわ》神社が建つこともあって、かつては十数軒の旅籠が並び、飯盛女《めしもりおんな》を置いていたが、十年ほど前に先代家老が大きな義理のある祝儀で上杉鷹山率いる米沢の城下を訪れたとき、つつましやかでいて端正な、冬晴れのような町並みに感じ入って、戻ると直ぐに禁令を出した。米沢には脂粉の匂いが漂ってくる街など、どこにも認められなかったからである。

以来、旅籠の廃業が相次いで、いまでは半分以上が看板を下ろしている。その空き家になっている旅籠のうち漆喰壁の三軒を、阿部重秀らは柳原文庫の建物にするつもりで手を加えていた。

脇往還とはいえ、宿場である以上、人馬を手当てする宿役《しゅくえき》の務めは果たさなければならない。とはいえ、飯盛女を置かなくてはその費用はどうやっても出てこない。宿場女郎は公務の荷役を担う人馬の費用の稼ぎ手でもある。仕方なく藩は飯盛女を禁ずる代わりに宮ノ宿にお助け金を出していた。その宮ノ宿に柳原文庫ができて全国から人が集まれば、再び旅籠が繁盛してお助け金を浮かせることができる。

柳原文庫を建議したとき、岩渕家老が中老たちに諮ることもなく即断したのは宮ノ宿の旅籠を使うからでもあったらしい。お助け金の節約もさることながら、岩渕周造は父に替わって家老職に就いてからずっと、飯盛女を復活させる働きかけに煩わされていたのである。阿部重秀から事の経緯を聴いたとき、啓吾はあらためて、物事は本題とは関わりないところで前へ進んだり、進まなかったりするものであることを知った。

その宮ノ宿の改修現場へ、中山藤兵衛の別邸をあとにした啓吾は、真っ直ぐに向かうつもりでいた。普請の大枠が決まって、ひと月ほど前にいよいよ大工が入ってからは、現場に足を運ぶことが日課のようになっている。

別に差配の用があるわけではない。ただ、職人たちの立ち働く姿に目を注ぎ、材木の檜肌《ひはだ》色を愛《め》で、木屑《きくず》の匂いを嗅ぐことが、この上ない楽しみなのである。立ったまま いつまでも飽きずに眺めているので、当初は職人たちも怪訝《けげん》な顔を向けたが、半月も経つ頃にはすっかり顔馴染みになって、軽口のひとつもきくようになっていた。

文庫は農書と本草書、そして蘭書のそれぞれに一軒の旅籠が割り当てられ、一階は書庫、二階を閲覧の間とする手筈になっている。いまは蔵書の重さに耐えられるよう土台と床を補強している最中で、もうあらかた終わりかけており、それが済むと書架を整える。土台の補強など毎日目にしてもそれほど大きく変わることはないのだが、それでも啓吾は時間を見つけては宮ノ宿へ足を運んでいた。

屋敷を出るときから既に気持ちは弾んで、普請場が近くなると思わず足が速まる。金槌の音が届けば、それだけで胸が騒ぐ。なにしろ、全国のどこにもない、どの国の誰にでも門戸を開く文庫が建とうとしているのだ。普請とはいっても、土台や床など外から見えないところばかりで、通りから眺める限り、古びた旅籠でしかないのだが、啓吾の目には十分に誇らしく、柳原城の天守よりも輝いて見えた。

が、その日の啓吾の足は金槌の音が伝わっても速まらなかった。藤兵衛の別邸は笑顔であとにしたのに、歩を進めるほどに気が塞《ふさ》ぎがちになり、普請場が近づいた頃には、知った顔の職人たちと話を交わすのが億劫《おっくう》に感じられた。さりとて、寄らずに戻る踏ん切りもつかず、そこを渡れば宿場に入るという二の宮橋で足を止め、欄干に両手を突いて鶴瀬川に目をやった。

初めて鮭の群れが川面を裂いてから、もう十二日が経っていたが、遡上はまだ続いていて、山の際に隠れようとする陽が傷ついた鮭の背を浮かび上がらせている。

普請場と同様に、いつもならばその光景も啓吾を昂《たかぶ》らせ、知らずに今後の段取りの案が頭を駆け巡るのだが、ざわめく川面に目を預け続けても、のたりとして動こうとしない。初めて鮭が上がった今年は産卵を優先させて漁は避けているが、他にもやるべきことはたっぷりとある。いまはぶんぶんと動き回るときで、立ち止まっている暇などない。

なのに、俄《にわか》に軀がぐずつき出した理由ははっきりしていた。あまりにはっきりしていることが啓吾を戸惑わせている。あれほど輝いていた普請場が急に色褪《あ》せるほど、自分は執政のあのひとことに凭《もた》れかかっていたのだろうか……。

改修に入るふた月ほど前、まだ蟬《せみ》の声が響き渡っていた頃、啓吾と重秀は普請奉行と共に宮ノ宿へ出向いて全体の配置を確認していた。貴重な書物を多数収める文庫にとって最も恐れるのは火事だった。本来ならば書物は蔵に収めたいが、新たにすべての書物を呑むほどの蔵を建てる予算はない。仕方なく漆喰壁の建物を選んで、その周りの空き家になっている旅籠を、火除け地をつくるために取り壊すことにした。他にも用水の配置などを詰めてひと段落したとき、並んで床几に座った重秀が額の汗を拭いながら「手のほうはどうなっておる」と言った。

「誰でもよいようなものですが、やはり、誰でもよいというわけにはまいりません」

啓吾は答えた。

「すべての書物の中身を熟知していることは無いものねだりとしても、やはり書物の価値を知った者でないとまずかろうと存じます。当面はわたくし以外にわたくしの存じおる者をつけますが、やがて文庫が軌道に乗りさえすれば、ここを手伝いたいと名乗り出る本読みが多数出てくるかと思われます」

「さもあろう」

短く答えると重秀は口を閉ざしたが、直ぐにまた言いにくそうに唇を動かした。

「迷惑ならば、遠慮なく言ってくれてかまわんのだが……」

そんな照れたような重秀の横顔を見たのは初めてだった。

「理津が手伝いたいと申しておる」

今度は森田啓吾が頰の紅潮を隠す番だった。手にしていた図面でばたばたと顔に風を送りながら、理津ならば問題はないという趣旨の言葉を懸命になって探した。けれど、思うような言葉は見つからず、結局、手伝うのか手伝わないのか、話を曖昧にしたまま腰を上げて、以降はその話題が出ることもなく、啓吾も、理津のほうから手伝いたいと言ってくれたことだけを記憶にとどめて、書庫で理津と肩を並べて立ち働く自分を想うことはなかった。

が、中山藤兵衛の別邸で理津と長英の話を聴いているうちに、啓吾の内側で壊れていったのは、まさに理津と自分の二人が書庫で作業をしている光景だった。敢《あ》えて想い描かなかったはずの光景が、長英が来春の文庫の開館を待たずに戻ることや、十八の理津がたしかに欠け落ちたことやらを耳にしているうちに、崩れていったのだった。

長英の帰国も理津の欠け落ちも、半ば承知していたことだった。なんであれ、いまさら、それが理由になるのはおかしい。が、半ばの承知であれば、残りの半ばで想いをはためかせることができた。存分にはためかせて、そこで憩うことができた。啓吾は、おそらく自分も残りの半ばで、普請場での話以来ずっと、人の妻でもなく欠け落ちたこともない、なんの色もついていない理津をつくり上げ、二人で本の整理をしたり、虫干しをしたりしていたのだろうと思った。

　そして、ふと、十六のままなのだと思った。夢のなかでさえ、自分は理津に触れもしない。夢のなかの二人はいつも並んで書架を向いていて、自分は傍らから届く五月の構苺《かじいちご》のような匂いで、理津を感じている。七年前の台所で、二十歳の理津が手渡してくれた小茄子の漬け物を、自分はずっと噛み続けている。

　啓吾は欄干から手を離し、背中を返して、川上に対していた軀を川下に向けた。淡い暮色のなかを、緩く曲がって流れる川だけが夕陽に浮かび上がって、ここからは見渡せない海に消える。啓吾が生まれ育った幕府御領地は海岸を持たない土地で、初めて潮の味を知ったのも阿部の家に入った年だった。あれほど海の水が塩辛いとは想いもつかなかった。少年の声で喚声を上げたあの日から、もう七年が経っている。十六歳だった自分は二十三歳になった。

　暮れなずむ空が焼けて、顔が橙《だいだい》色に染まる。そろそろ大人にならなければならんなと啓吾は思う。そして、長崎か、と思う。先刻、重秀に言われるまで、長崎は頭になかった。学ぶなら江戸とばかり思い込んでいて、すっぽりと抜け落ちていた。が、言われてみれば、たしかに長崎の成秀館という道もある。十六歳の己と訣別すれば、いろんな道が見えてくる。

　まだ槌音が上がっている宿場を背にして、啓吾は二の宮橋を離れた。今度はたしかな足取りで阿部の屋敷を目指し、戻って重秀がまだ帰っていないのをたしかめると、そのまま自室に入って、墨を磨り、文箱から厚い書類を取り出して筆を入れた。書類の表紙には、丹奈川《たんながわ》普請要諦書の文字が記されている。

　丹奈川は鶴瀬川の東二里の海岸に河口を開ける川で、川幅、長さともに、鶴瀬川を随分と上回る。大河のない柳原藩にあっては最も大きな川であり、元々、啓吾はこの丹奈川を種川に改修するつもりでいた。丹奈川ほどに水系の懐《ふところ》が深ければ、優に二桁の網主株を割り振ることができる。

　ところが、流域の調査をようやく終え、川普請の区を割り振ったところで藩業での案件が却下となり、急遽、家業での改修に踏み切らざるをえなくなった。となれば、いくら藤兵衛の助力があるとはいえ、大掛かりな普請となる丹奈川では鮭が上がらなかったときの危険が大き過ぎる。失敗の損失を最小にとどめるために、仕方なく鶴瀬川に手を入れたのである。

が、啓吾は丹奈川の案件を白紙に戻すことはせず、鶴瀬川での川普請と併行して、丹奈川のそれぞれの区における改修の具体策を独りで歩いて取りまとめてきた。一転して種川が藩業になったときのことを考えると、鶴瀬川では藩財政の慈《じ》雨《う》にはなっても井戸にならない。

その作業も、ようやく一昨日で終わっていた。今夜、書き加えれば、丹奈川普請要諦書の最後の空白が埋まる。一心に筆を動かしながら、啓吾はこれで少なくとも種川についてはなんとかなるだろうと思っていた。既に、領民は鶴瀬川で普請の経験を積んでいる。差配する藤兵衛も健在だ。自分がいなくとも要諦書さえあれば、普請はさしたる混乱もなく前へ進んでいくにちがいない。

筆を置いたときには、半時と少し経っていたが、まだ阿部重秀は戻っていなかった。喉の乾きを覚えて台所へ向かうと、理津が下女と夕餉《ゆうげ》の支度をしているところで、啓吾を認めると、あの山桜のような笑顔を寄越した。

思わず文机に置いた要諦書が浮かび、不信を犯したような気になる一方で、このまま理津を攫《さら》って消えてしまいたいという衝動にもかられ、やはり、もうこの家にとどまるのは無理なのかと思った。丹奈川普請要諦書の空白を埋めているあいだも啓吾はまだ、阿部の家を出ることを心に決めたわけではなかった。

胸の鼓動を意識しながら、台所の隅の水瓶から柄杓《ひしゃく》で湯呑みに水を入れていると、理津が近寄ってきて、もう少し待ってくださいね、と言って、小茄子の漬け物を盛った小皿を差し出した。理津が漬けた小茄子の紫は哀しいほど澄んだ色をしている。もしも彼岸《ひがん》というものがあるとしたら、その彼岸にある池の底はこのような色をしているのではないかと思ったことがある。

知らずに手が延びて顎を動かすと、また気持ちは一転して、もう、いいではないかと思えてくる。阿部長英を兄と感じるように、理津を姉と感じられるようにすればいい。それこそが大人のすべきことだろう。欲しいものをいつまでも欲しいと言い続けるのは童子《わらべ》の仕業《しわざ》だ。

森田啓吾は声には出さずに言葉を並べる。けれど、並べるほどに、言葉は空を切る。一向に定まらぬ己の気持ちに半ば苛立ちながら小皿を戻す啓吾に、理津がすっと顔を寄せ、声を潜めて言った。

「二人だけでお話ししたいことがあります」

七年間、一度も目にしたことのない凄艶《せいえん》な理津の顔に、啓吾は身震いした。

九月二十八日〜十月四日　江戸

寛政二年の九月は大の月で、月末は三十日になる。その月末まであと二日に迫った、翌二十八日の夜、阿部長英の姿は下谷摩利支天《まりしてん》横丁の徳大寺にあった。

早朝から陽のあるあいだずっと江戸屋敷を空けて、再びとっぷりと暮れた下谷広小路まで戻ったときには下谷大仏下の時の鐘が六つ半を打ったが、足は屋敷へ向かおうとしなかった。

いつもは人の息づかいに温《ぬく》もる広小路の賑わいにもなんとなく馴染めず、北大門町の角を右に折れて裏の通りに入ると、両側は煮売り酒屋やらどじょう汁屋やらが軒を並べていて、煮魚や蓮根の煮物、里芋の煮ころがしなどの入り交じった匂いが寄せてくる。けれど、その夜に限っては燗酒の匂いも煩《わずら》わしく、足に任せて通りを抜けると、着いたのは結局、なにかにつけて立ち寄ってしまう摩利支天徳大寺だった。

自分にはここしか居場所はないかのようだ、と思いつつも、見慣れた山門の前に立ってみれば、初めからそこを目指していた気もして、思わず肩の力を抜いて参道への階段を上ると、ふだんよりも提灯の数が多く、この時刻にもかかわらず人もそこそこに出ている。はて、と訝って数歩足を進めたとき、ふっと玄猪《げんちょ》が間近であることに気づいた。

大きな祭りには事欠かぬ江戸だが、なかでも十月最初の亥《い》の日である亥の子に催される玄猪はたいそうな熱気を放つ。その熱気の真ん中にあるのが摩利支天徳大寺だ。聖徳太子の手になるとされる徳大寺の本尊は、右手に剣を握って猪の背に立つ天女の姿をとっている。猪は摩利支天の眷属《けんぞく》なのである。

元々、宮中の行事から広まった玄猪だけに、祭りは町人のみならず百姓、武家、公家をも巻き込む。村ではおはぎを山と盛って新穀《しんこく》の収穫を祝い、町人は律儀にこの日初めてしまっておいた火鉢や炬燵を引っ張り出して亥の子餅を食べ、宮中でも新穀感謝の祭礼が取り行われる。そして、江戸城では玄猪御祝儀で大手門と桜田門に大篝火《おおかがりび》が焚かれ、江戸在府の大名が、暮れ六つを待ってから一斉に登城する。

玄猪に限らず、江戸城登城日は大名と藩にとって失敗を犯さぬよう気をいっぱいに張り続ける長い一日となる。藩主が無事戻ると、江戸屋敷を上げて祝宴を開く。登城もまた戦《いくさ》なのである。

今年の亥の子は十月四日で、その戦はもう六日後に迫っている。柳原藩は、藩主、長坂能登守政綱が在国の年で、登城備えの繁忙からは逃れられていたが、それでも玄猪が江戸屋敷の重要な行事であることに変わりはなく、江戸留守居役、茂原市兵衛はここ数日来、忙しく動き回っている。にもかかわらず、徳大寺の参道を歩くまで長英は玄猪が近いことを忘れていた。頭のなかは興産で埋め尽くされていて、玄猪といえども入り込む余地はまったくなかったのである。

一昨日、浅草橋の笠森藩下屋敷へ竹内晴山の焼香に行ってから、長英は興産以外のことを考えられずにいる。自分が興産の探索の重圧から剣術に逃れたがために、義父の阿部重秀を窮地に追いやっているという想いが拭《ぬぐ》えない。考え出すと、今日、明日にも重秀は竹内晴山の二の舞になってしまうのではないかという想いにかられて、矢も楯もたまらず、昨日も早朝から外へ出て、ひたすら心当たりと会い、物産会《え》を回った。

が、三年をかけて収穫がなかったものが、一日でどうにかなるはずもない。夜四つ、なんの手掛かりも得られずに屋敷へ戻って、同じやり方では埒《らち》があかぬと思い、かといって、直ぐに道が開けるちがうやり方など思いつくわけもなく、悶々とした末にふと頭に浮かんだのが、三年前に建議した種川だった。

種川なるものがあると聞いたのは、森田啓吾から紹介された本草家の屋敷へ行ったときにたまたま居合わせた客からで、そのときは人が川に手を加えて鮭を呼ぶと言われても、あまりに荒唐無稽な話と思えた。当時はまだ江戸に出てきたばかりで右も左も分からず、江戸者に騙《だま》されてはいけないと始終気を張ってもいた。とても、まともな話とは思えず、重秀への報告に書き加えるのも憚《はばか》られたが、しかし一応、他の素案に交えて送ると、程なく、藩業としては採用されなかったが、家業として川普請に入る、という趣旨の手紙が届いた。仕法の細目にはまったく触れていなかったのに、啓吾が普請の要諦をまとめたらしい。あれから、もう三年。鮭が上がったという便りはないが、重秀と啓吾の二人が関わっていながら、いまだに続けているということから診《み》ると、けっしていい加減な話ではないのだろう。

だとすれば、成果に結びつかないのは、やはり、普請の仕法が誤っているのかもしれない。三年前は仕法の細目までは入手できなかったが、それは突き詰めれば自分に真剣に聴く気がなかったからで、いまならばまた事情はちがうはずだ。闇雲に新しい案件を探すよりも、種川の仕法の入手に絞って動いたほうがまだ目はあるのではなかろうか。ともあれ明日一日はそうしてみよう、と心に決めて、今日も早朝から江戸屋敷を出たのである。

けれど、事情はちがってなどいなかった。朝はまずあの客に会った本草家の屋敷を訪ねてみたものの、この早春に亡くなっていて客への糸を手繰《たぐ》り寄せることはできず、そのあとは、二年をかけてようやく築いた田村西湖《たむらせいこ》や栗本丹洲《くりもとたんしゅう》らの江戸派本草学の筋を当たったが、いずれも種川の話を聴いたことはあるという程度だった。

仕方なく、午を過ぎてからは日本橋本船町《ほんふなちょう》の魚河岸の対岸にある、江戸橋広小路の塩干魚《えんかんぎょ》市場へ向かい、問屋を一軒一軒回った。生の魚の仕入れは遠くてもせいぜい相模や房総だが、塩干魚なら遥か蝦夷地からも運び入れる。塩干魚のみを扱う市場のある四日市町《よっかいちちょう》界隈を当れば、当然、村上についても知る者がおるだろうと期待したのだが、顔を合わせた者の多くは種川の仕法どころか種川がどういうものかさえ知らず、市場にあった鮭も新巻鮭で、話に聞いていた村上の塩引鮭とは明らかにちがった。

下谷へ戻る道すがら、阿部長英は三年もあったのに、なんで越後村上へ自分で行かなかったのだろうと己の愚かさを呪った。

江戸にいながらにして、仕法の細目など手に入るわけがないにもかかわらず、村上へ旅立つことなど考えもしなかった。種川の話そのものを疑っていたし、あるいはと思い直したあとも軀は動こうとしなかった。長く江戸を留守にするあいだに、もっと良い案を逃してしまうのが怖かった。あとから振り返れば丸々三年を無駄にしたのであり、時間はたっぷりとあったわけだが、一日一日が勝負と思い詰めている身には、時間は常に差し迫っていた。

背後に参拝しようとする人の気配を感じて、長英は参道を外れた。提灯の灯りが届かぬ一郭に軀を運び、亥の子を待ち切れずに参拝に来る客の背に目をやりながら、これからどうする、と己に問うた。

答は出なかった。ただ、このまま種川の仕法の探索を続けても、うまく行かぬであろうことははっきりと感じた。二日続けて終日歩き回ったせいか、足裏が随分と熱を持っている。その熱を認めながら、種川を含めて、これまでと同じやり方をしていてはなにも得られないことが軀で分かった。

さりとて、別のやり方が考えつかないのは相変わらずで、堂々巡りをするうちに、一昨日、神田須田町の蕎麦屋で茂原市兵衛から言われた言葉が蘇った。

お前よりも優れた興産掛を俺は何人も知っている、と市兵衛は言った。むろん、中西派一刀流の指南免状を取らせるために言ってくれているのは分かったが、自分には前置きのほうが重く響いた。

その重い響きはずっと続いていて、動き回っていれば紛《まぎ》れもするが、足を停めると脈を打ち始める。長英はふっと息をつくと軀を返して境内を区切る手摺に歩み寄り、眼下の摩利支天横丁の往来に目を遣った。

玄猪目当てに詣でる人たちの姿はいささか物騒だ。それぞれに、木剣を手にしている。とはいえ、木剣は祈禱を受けるためで、提灯の灯りに浮かび上がる顔は和んでいる。その様を目にしているうちに、だんだんと響きが鎮まっていく。そして、忘れることもできそうなほどになったとき、長英は、そのとおりなのだと思った。

人から言われるまでもなく、己の力足らずは骨身に沁《し》みていた。が、興産掛を続ける以上、それを認めてはいけないと戒めてきた。力足らずを自ら嘲《わら》うのは、逃げでしかない。御役目にある以上、けっして逃げず、躱《かわ》さず、力を高めるべく努めなければならない。

その長英が、市兵衛の言う通りであると思った。

自分は誰よりも、興産掛として劣る。別のやり方は、まだ、考えつかないのではない。これからもずっと考えつかない。考えても、自分からはなにも生まれぬことは、この三年間で痛いほど思い知っている。

往来に目を預けたまま、考えるまいと長英は思った。

もう、考えるまい。

興産の案を得るやり方は考えず、興産を得る期限だけを決めよう。

いつまでに、という区切りをつけるだけであれば、いま直ぐ自分でも決められる。期限を定めて、考えることなく軀を動かし、そして、もしも守れぬときは武家らしくあろう。

いつにするか……。時をかければ、案が手に入るものでもない。もしも、そうなら、とっくに自分は御役目を果たせている。この期《ご》に及べば、短いほうがよい。短いほどに、軀が動くはずだ。

半月後、ではない。もっと短いほうがよい。十日、でも長い。さて、何日か……。

長英は横丁の往来から目を戻し、参道を見遣った。その目に、玄猪の提灯が入る。

そうだ、と長英は思った。

玄猪までにしよう。

あと六日。それがよい。あと六日で御役目をまっとうできぬときは、己が竹内晴山に続こう。

阿部長英はようやく屈託の消えた顔で参道に戻り、社殿に詣でて、誓いを立て、そして阿部家の安泰を祈願した。

明くる二十九日、阿部長英は昨日よりもわずかに遅く江戸屋敷を出た。

いつものように不忍池を左手に見て下谷広小路への路を辿る。その日も江戸はよく晴れて、並木の銀杏《いちょう》の梢を微かに揺らす風が心地よい。

柳原の人間にはまだ十分に暖かいが、それでも首筋や袖の辺りは冬の気配を感じ取る。寛永寺の御山はいよいよ全山が真っ赤に染まり、空は深く青く、いやが上にも高い。

江戸に来て三年、この季節になれば錦色《きんしょく》の御山も毎日のように目にしていたにもかかわらず、紅葉を心より美しいと感じたのは初めてだ。丸二日、休むこともなく歩き続けていたのに、足も不思議なほどに軽い。

かつてなく、くすみのない胸の内に戸惑いつつ、下谷広小路へ足を踏み入れると、長英は真っ直ぐに、ある場所を目指した。

昨夜、床に着いたときに、明日はそこへ行ってみようと心に決めている。

今日はなにも考えず、自分の行きたいところへ行く。

初めて江戸に着いて以来、そこには行きたかった。行かねばならぬ場所かもしれなかった。

けれど自分には、縁のない場所だと思ってきた。

そこは、御徒の組屋敷の庭に寓居《ぐうきょ》する学者や医者や、そして、義父の阿部重秀や森田啓吾や中山藤兵衛が行くところであり、自分などが出入りしてはいけない場所だと信じてきた。

武家は本など読んではならぬときつく戒められる家で生まれ育った。最初の剣の師匠でもあった実父からは、書を読めば気が濁ると説かれ続けた。

理を軀に入れれば、人はその理のみで世の中を見ようとする。

理の触れぬ場所は、ない場所として捨ておかれる。

が、その場所は厳然としてある。

むしろ、理が触れることのできる場所のほうが遥かに少ない。

理の触れる場所も触れぬ場所も、すべてを含めて世の中である。

武家たる者は、人の言葉ではなく、人の生きる血の音に耳を澄まし、世の中のすべてを含んで、国を治めなければならない。

理を退ければ、血の音はたしかに聴こえるのだと、父は言った。

無理に従ったのではなく、己もそのように信じた。

剣もまた、そのように修めた。あるいは、剣を修めていたからこそ、実父の説くところが受け容れられた。

相手の太刀筋を頭で考えたとき、剣は縮こまる。剣の殺《さつ》が自在に伸びるためには、躯を動かすのではなく、躯が動かなければならない。理ではなく気を澄み渡らせることで、躯は枷《かせ》を解かれる。人を満たす血の音を聴いて、初めて剣だ。剣こそ、理では見えぬ。

理津に惹かれたのも、また気の清明さだった。

一の宮の例大祭で初めて目にした奉納の舞いを舞う理津は、巫女の役を演じているのではなく、巫女そのものに見えた。

いつも眩しそうにしているその瞳は、人の見えないものを見ているようで、理津とならば、すべてを含んだ世の中に包まれながら生きていける気がした。

そうして、阿部の家に入った。書をよく読む者たちが集う家に入った。

近くで接してみれば、阿部重秀も森田啓吾も、そして中山藤兵衛も、気が濁っているとは感じられなかった。むしろ、書を読まぬ者よりも、世の中が広く見えているようにさえ思えた。

それでも、どこかで自分とは重なり切らないものがあり、気持ちと行動をひとつにすることは避けてきたが、親しむほどに、彼らの役に立ちたいとは思った。己と重ならずとも、そう思わせるものが、彼らにはあった。

今日は存分に、彼らの役に立つべく動く。

数年前から、どこの国の誰でも拒まない文庫をつくることを重秀から聞いている。自分はその企てに加わることはできなかったが、今日一日は加わる。この下谷を手始めに神田、馬喰町、日本橋、そして芝神明《しばしんめい》前界隈まで足を延ばして書物問屋を当たり、彼らの文庫に収まってもよさそうな本を探す。

以前から目星を付けていた常楽院脇の銀仙堂《ぎんせんどう》へ、長英はまず向かう。書物問屋ではあるが、古本も扱い、農書や本草書もよく揃っていると聞く。懐には、中西派一刀流の取立免状を得たとき御藩主からの御褒美として賜った十両もある。できれば今日、そのすべてを使い切りたい。

もしも、彼らの眼鏡に適わなかったとしても、それは致方《いたしかた》ない。たとえ、すべてが無駄になったとしても、自分は阿部重秀と森田啓吾と、中山藤兵衛と、そして理津の居る国へ、この五日のあいだに、自分の選んだ書物を送らなければならない。

銀仙堂の前には数人の本読みたちが立って、笑顔で言葉を交わしている。いつもは、その様子を横目で見て通り過ぎた。今日は、彼らのあいだを割って入る。

「なにか、お手伝いさせていただきましょうか」

見慣れぬ客に警戒しているのか、店主が声をかけてくる。

「本草の書が欲しい」

「お武家様がお読みになりますので？」

「いや、それがしではない。人に贈るものだ」

「本草にはお詳しい方でございますか」

「相当に詳しく、書も随分と揃っておる」

「田村藍水先生の御本ならば数冊、用意があるのですが、そういうお方でしたら、既にお手元にあるかもしれませんな。この、神田玄泉《かんだげんせん》先生の『日東魚譜《にっとうぎょふ》』などは、いかがでございましょう。本邦初の魚譜で、魚介三百三十八品を網羅してございます」

小半時ばかり店主を独り占めして、『日東魚譜』を含め三書を仕入れた。後日、受け取りに来ると言って金を支払い、神田へ向かう。神田では農書を当たり、やはり店主を質問攻めにして、多肥栽培について両極の立場をとる『農業時の栞《しおり》』と『耕作噺《ばなし》』の二書を求めた。

店を出たとき、日本橋石町の時の鐘が午九つを打ったが、腹はまだ空いていない。そのまま鍛冶町《かじちょう》を行き、神田堀に架かる今川橋《いまがわばし》を渡って左に折れ、馬喰町へ足を向ける。

界隈は瀬戸物問屋で賑わっていて、目を遣っているうちに、もはや考えるまいと心に決めた興産の手立てが頭を掠《かす》めた。それではなにも変わらぬと努めて手立てを消し、馬喰町への路を急ぐ。馬場重久《ばばしげひさ》の書いた養蚕書、『蚕養育手鑑《かいこよういくてかがみ》』に目が止まったのは、そのように馬喰町に入って、最初に見つけた林果堂《りんかどう》という書物問屋に足を踏み入れたときだった。

その本に心当たりがあったわけではない。馬場重久なる著者も知らない。蚕、の文字に引き寄せられたのだ。

母の実家が米沢で、夏になると毎年のように母に連れられて米沢へ行った。盆地のじっと湿って動かぬ熱気をものともせず、最上川《もがみがわ》の流れに遊び、白鷹山《しらたかやま》に登って福満大虚空蔵尊《ふくまんだいこくうぞうそん》に詣でた。なかでも最も楽しみにしていたのは白子《しろこ》神社の大祭で、終《しま》いがないかのように繰り出される山車の壮麗な飾りや、綱曳きに使われる綱の太さに目を見張った。広い社を包んでいた心が浮き立つような囃子《はやし》の音はいまも鮮明に覚えている。その白子神社が祀っていたのが、蚕の神である白蚕《しろこ》明神だった。

「養蚕の書をお探しでございますか」

『蚕養育手鑑』を手にしたままの長英に店主が声を掛けてくる。

「そう、だな」

問われてみれば、蚕書も農書だった。

「養蚕は利が大きく、おのずと産地では秘すところが多くなりますれば、刊行される蚕書も限られております」

店主は言った。老いた山羊のように一徹な容貌をしているが、声には陽溜まりのような温かい柔らかさがあって、知らずに肩の力が抜けていく。

「いま手元にございますのは、そちらの『蚕養育手鑑』と、いま一冊、野本道玄が著した『蚕飼養法記《こがいようほうき》』の二冊ですが、いずれも序刊はいささか旧く、八十年から九十年近くも前になります」

言わねばけっして分からぬことを、店主は言った。

「なにしろ、利に結びつきますゆえ、怪しげな書はいくらでも出回っておるのでございますが、新しめのもので信が置けるものとなると、生糸の産地である上塩《かみしお》尻《じり》村の塚田与右衛門《つかだよえもん》による『新撰養蚕秘書《しんせんようさんひしょ》』と、伊達《だて》は掛田《かけだ》の佐藤友信《さとうとものぶ》の著になる『養蚕茶話記《ようさんさわき》』くらいでございましょうか」

「その二冊は、いまはないのか」

文庫のために、とだけ思っていた長英の脳裏に、再び興産の意識がゆっくりと頭を擡《もた》げる。

「ございましたが、つい先日、見えられたお客様が二冊ともお求めになられましてな。やはり、お武家様でございました」

五、六年前だろうか、重秀と藤兵衛が、試しに整えた桑畑で、歩桑《ぶぐわ》が育たぬ、と額を寄せていたことがあって、歩桑とは何だろうと思ったのを覚えている。養蚕もまた、重秀らが挑んでいる分野なのかもしれない。

「さようか」

想っていたよりも落胆している己を長英は認める。店主は顔いっぱいに済まなさを表わしていたが、直ぐに、伏せがちにしていた目を大きく見開いた。

「これは……」

その目は、長英の背後に向けられている。

「あのお武家様でございます。二冊を買われたのは」

店主は、長英に顔を寄せて囁《ささや》いた。

振り返ると、まだ二十歳を幾つも越えぬ齢格好の武家が、書物が収まっているらしい風呂敷包みを小脇に抱えて立っている。思わず森田啓吾と見紛《みまご》うほどよく似ていて、どこかに少年の面影を残しており、いかにも本読みらしい。長英が驚きを隠さずに目を遣ると、向こうも虚を突かれたような顔つきを浮かべて視線を返してきた。

「もしや……」

そして、言った。

「阿部長英様ではございませんか」

武家は篠田《しのだ》藩五万石の藩士で、瀬島晋平《せじましんぺい》と名乗った。随分と若く見えたが、齢は二十七で、中西道場に通っており、この春、仮名字を得たと言う。阿部長英が取立免状を許されたときも、あの場に居合わせて、我が事のように昂《たかぶ》ったと語った。

「まさか、このようなところでお目にかかれるとは。やはり、阿部様も書をお好みですか」

「いや……」

答に詰まる長英に、店主が助け舟を出す。

「こちらのお武家様は蚕書をお探しでして」

「ほお」

瀬島晋平は笑みを消して続けた。

「蚕書は数が少のうござる」

「いま、それを申し上げていたところでございまして」

店主は続けた。

「ちょうど『新撰養蚕秘書』と『養蚕茶話記』の話をさせていただいていたときに、失礼ながら、瀬島様が見えられたのでございます」

「それでか」

瀬島の顔に笑みが戻った。

「いきなり振り返られて顔を見られたので何事かと思った」

「御無礼つかまつった」

長英は言った。

「いやいや、おおよその経緯は分かり申した。そういうことであれば、あるいは、それがしでお手伝いできることがあるやもしれませぬ。もし、差し支えなければ、ご一緒に遅い午などいかがでしょうか」

笑顔になると、瀬島はますます啓吾に似てくる。

「よろしいのでござろうか」

「むろん。中西派一刀流、取立免状の阿部様のお役に立つことができれば、同門として嬉しゅうございます」

そして、二人は表へ出た。

「失礼ながら……」

肩を並べて歩き出すと、瀬島は言った。

「阿部様は相当、農書にお詳しいようにお見受けしました」

「滅相もない」

即座に、長英は返した。

「とんと不案内でござる」

「ご存知のように、この一帯は旅籠の街でございます」

長英の否定に構わずに、瀬島は続けた。

「当初は柳原通りの郡代屋敷に用のある公事《くじ》客目当てでしたが、そのうち隣の横山町の小間物問屋やら呉服問屋やらに地方《ちほう》から仕入れに来る客を呼び込む旅籠も加わりまして、すっかりこのような街になりました」

瀬島が言うように、馬喰町の路の両脇には旅籠が軒を並べている。

「おのずと、建ち並ぶ商家のあらかたは地方からの客に顔を向けておりまして、江戸土産を扱う店がほとんどでございます。書店も数はあるのですが、土産用の洒落本や黄表紙を置く地本双紙問屋がもっぱらで、農書などの物之本を手がける書物問屋は数えるほどしかございません」

話には聴いていたが、自分の目でたしかめるのは初めてだった。ひとつの用だけが頭にあると、たとえ江戸に長く居ても、動く範囲は相当に限られてくる。

「林果堂はその数少ない一軒で、代わりに、農書の揃えにおいては他の町の書物問屋を凌《しの》ぎます。通常、農書を探そうとすれば、神田、日本橋で済ますものを、わざわざ馬喰町まで出張《でば》って林果堂を当たるというのは、農書を分かっている方にしかできぬ振舞いでございます」

「たまたまとしか申しようがありません」

もしも瀬島の言う通りであるとしたら、これもなにかの巡り合わせなのだろうと長英は思った。

「ま、その話は追々させていただくとして、この通りは、そういうわけでして、たいした食い物を出す店もございません」

長英の口調から感じるものがあったのか、瀬島は話を替えた。足は浅草御門に向かっている。御門に突き当たって右へ折れれば両国広小路、左へ折れれば、三日前に茂原市兵衛と歩いた柳原通りだ。

「しかし、柳原通りへ出れば、近頃、評判を取っている蕎麦屋がございます。蕎麦でよろしゅうございますか」

「好物でござる」

あるいは杉屋かもしれぬと思いながら長英は言った。まったく空腹を覚えていなかったのに、杉屋の蕎麦切りの風味を思い出すと、腹が鳴る気配さえする。急に喰い意地が張ってきて、腹を宥《なだ》めながら足を運ぶと、期待の通り、瀬島が暖簾《のれん》を潜ったのは杉屋だった。座った席も、この前の小座敷の隣で、一度きりしか来ていないにもかかわらず、勝手知ったるような気になってくる。蕎麦切りでよろしいか、と問う瀬島に、長英は一も二もなく頷いた。

「もし、差し支えなければ……」

互いに言葉を交わすこともなく、あっという間に一枚を腹に送ったあと、瀬島はおもむろに切り出した。

「『新撰養蚕秘書』と『養蚕茶話記』を探しておられる理由をお聞かせ願いたい」

文庫のことを言ったものかどうか、長英は思案した。

どこの誰でも拒まない文庫は、諸国から智慧者を集めるための仕掛けであり、ひとつの興産の策であろう。他国の者に明かす筋合いのものではない。が、瀬島晋平なる目の前の武家は明らかに相当量の農書を読み込んでいる。この男に相談すれば、三人が歓喜する書を求めることができるかもしれない。

それに、文庫は、聞いたとしても実現するのが難しい策だ。阿部重秀と森田啓吾、そして中山藤兵衛……あのような尋常とはちがう男どもが揃って初めて陽の目を見る。家禄と扶持のみに目が行く輩には光は見えない。たとえ、瀬島が篠田藩で建議したとしても、採り上げる重臣はまずいまい。

しばし唇を閉ざしたあとで、長英はごく手短に、国元で文庫をつくること、その文庫は誰もが利用できることの、二点のみを語った。

「それは……」

瀬島は箸を動かしていた手を止めて聞き入って、長英の話が終わると感に堪えぬように言った。

「素晴らしい」

そして、やおら箸を置き、二枚目の笊を横に退《ど》かすと、傍らに置いてあった風呂敷包みの結び目を解いて二冊の書を取り出し、長英の前に示した。

「『新撰養蚕秘書』と『養蚕茶話記』でござる」

瀬島は長英の目を見ていた。

「どうぞ、お持ち帰りくだされ」

急な成り行きに、長英の唇は動こうとしない。

「御遠慮には及びません。その御国の文庫に、役立ててくだされ」

瀬島は二冊の書をすっと押す。

「しかし、瀬島殿にも必要な書なのでは」

長英は差し出された二冊に目を落とす。

「必要と思って求めたのですが、少々、事情が変わりましてな。今日、このように携えてきたのも、林果堂に引き取ってもらうためだったのです。ですから、お気遣いは無用でございます。御懸念なく、お収めください」

瀬島は淡々と話す。書店に引き取らせるつもりだったという言葉が、長英の気持ちを少し軽くする。

「ならば、遠慮なく御好意に甘えさせていただくが……」

懐にあった十両は、二両近く減っている。残りの金子で足りるものだろうかと長英は危惧した。

「失礼ながら代金はいかほどでござろうか」

希少な蚕書ならば、通常の農書に輪をかけて高価であるはずだ。

「金子《きんす》ならば結構にございます」

即座に、瀬島は言った。

「進呈いたしまする。いや、進呈させていただきたい。御国の文庫の件、誠に立派な志と、心より感服いたしました。わずか二冊ばかりの書でございますが、この書を通じて、それがしも文庫の設立に参画させていただければ、これに勝る慶《よろこ》びはございません」

思わず、瀬島の顔を見返す。その瞳は泳いでいない。長英は瀬島の目を捉えたまま、おもむろに唇を動かした。

「お気持ち、ありがたく頂戴いたす」

そして、続けた。

「しばし、失礼つかまつる」

素早く腰を上げ、小座敷を出る。廊下を突き当たった暗がりで財布を取り出し、なかの八両をそそくさと懐紙に収めてから部屋に戻った。

「お気持ちは頂戴いたしたが……」

阿部長英は言う。

「貴重な書を、御礼をすることもなく受け取るわけにはまいらぬ。これは書の代金ということではなく、それがしからの御礼として是非とも収めていただきたい」

八両の入った懐紙を取り出して、瀬島の前へ置いた。

「代金ということなら、あるいは不足かもしれぬが、それがしの気持ちでござる。失礼な額であれば重々お詫び申し上げる。どうぞ、お収め願いたい」

「それは、困ります」

頭を下げる長英に、瀬島は言った。

「それがしは、この書を通じて、御国の文庫の設立に参画させていただきたいと申し上げました。御礼など頂戴しては、参画したことにはなりませぬ」

「いや、それはちがう」

直ぐに顔を上げて、長英は言葉を返す。

「瀬島殿の文庫への参画の想いをありがたく頂戴したからこそ、御礼をさせていただきたいのでござる」

瀬島は手を出さない。

「阿部様のお気持ちは分かり申したが、それでも、とにかく、受け取るわけにはまいりません」

膝に置いていた手を、瀬島は組んだ。

「それでは、こちらが困る。御厚情を頂いたにもかかわらず、御礼もしなかったとあっては非礼を誹《そし》られる。受け取っていただけなければ、それがしもこの蚕書を頂戴するわけにはまいらぬ」

二人はそのまま唇を閉ざす。一向に箸をつけられない二枚目の蕎麦はすっかり伸びている。

「ならば、こういたしましょう」

再び、口を開いたのは瀬島晋平だった。

「それがし、実はいま、やはり養蚕に関わる書を手に入れるべく動いております。細かいことはさておき、その書を得るには手間も金子もかかります。されば、阿部様の御礼をありがたくお受けし、その金子の一部に充《あ》てたいと存じます。代わりに、首尾よく入手できたときには、それも阿部様にお分けすることにいたしましょう。書の性格からして、誰もが目にする文庫に置くのは避けていただかなければなりませんが、そのことさえ守っていただければ、きっと写本なりでお分けいたします。それで、いかがでしょうか」

「それは……」

思わず、阿部長英は御礼の件を忘れる。

「どのような書なのでござろうか」

先刻から脳裏で頭を擡げていた興産の意識が、はっきりと目覚めていた。

「この『新撰養蚕秘書』ですが……」

しばしの間があってから、瀬島晋平は膝の前へ置いていた蚕書に目を落として切り出した。語ろうか、語るまいか、迷っていたのは明らかに見えた。

「良い養蚕指導書でござる。蚕の育て方に始まり、製糸、製織《せいしょく》、そして反物や帯などの製品に仕上げるまでが網羅されている。この一冊で、養蚕の技の輪郭が摑めるようになっております。御国の文庫に収められる物之本としては、極めて妥当な書と申し上げて差し支えないでしょう。これは、もう一冊の『養蚕茶話記』にしても同様です。では、阿部様。いったい誰が、このような指導書を著したとお考えになりますか。と申すよりも、これらの書をまとめた塚田与右衛門と、佐藤友信とは果たして何者でしょうか」

「はて……」

長英の脳裏に中山藤兵衛が浮かんだ。

「篤農家、でござろうか」

「篤農家、でもあるかもしれません」

瀬島は答えた。

「学者か、養蚕家かと言えば、両名とも養蚕家に入ります。実際に養蚕に携わって指導書も書くとなれば、通常は篤農家ということになるのでしょう。が、彼らに限っては、いささか事情が異なります。彼らは、養蚕家であり、篤農家である以上に、商人なのです。それも、養蚕の世界で最も利幅の大きい商いをする商人です。実は、塚田与右衛門も、また佐藤友信も、蚕種屋《たねや》なのです」

「たねや？」

虫と種子とが、頭のなかでうまくつながらない。

「蚕種屋のことをお話しする前に……」

瀬島は膝の傍らに置いた笊に目を落とした。

「せっかくの蕎麦ですので、腹に入れてしまいましょうか。すっかり伸びてしまいましたが、このまま捨て置くのはもったいない」

「いかにも」

二人は再び箸を取って蕎麦を手繰《たぐ》った。二度目の杉屋で、もう舌が馴れているにもかかわらず、最初の一枚を口に含んだときはその旨さに思わず吐息が洩れたのに、二枚目は蕎麦の味がしなかった。掻き込むように腹に送ると、瀬島がすっかり温《ぬる》くなってしまった蕎麦湯を注《つ》いだ。熱いのを持ってこさせようかと瀬島は言ったのだが、長英はそれで構わないと答えた。

「失礼ながら……」

温い蕎麦湯を含みながら、瀬島は言った。

「阿部様は、蚕はよくご案内でしょうか」

「いや」

即座に、長英は答えた。

「まったくの門外漢にござる」

「ならば、少々ゆるりと語らせていただきますが、よろしいか」

「是非、お願い申し上げる」

もはや、長英の頭は興産でいっぱいになっていた。

「養蚕に用いる蚕は、家の蚕と書いて家蚕《いえこ》と申します。その名のように、家でしか生きてゆけぬ蚕です。野や山に棲む野蚕《のこ》や山蚕《やまこ》とちがって、家蚕の足は萎えており、己の軀を木の枝に留めておく力もない。わずかな風でも枝から落ちて、二度と這い上がることができません」

ひとことも聴き逃すまいと、長英は耳に気を遣る。

「つまり、そこで、棲処《すみか》と餌が断たれます。人が適当な場所を与えてやらないと、自分では繭《まゆ》もかけられません。成虫になればなったで飛ぶことができないし、元々口が無いので何も喰わない。人を見つけると逃げるどころか、いそいそと近寄って来る始末です。大きくて良い繭をつくり出すためだけに人が太古の昔から飼い馴らしてきたため、もはや虫とも言えぬ虫になっているのです」

相槌を打つのも忘れて、長英は聴き入った。

「いま養蚕農家が飼っている蚕は、そういう家蚕のなかでも特に選ばれた種類の家蚕であり、もはや農家自身の手で繁殖させることはかないません。養蚕農家は繭の収穫が終わった秋から冬に、蚕種屋から蚕種《さんしゅ》を買い入れて、次の春からの作業に備えるのです」

「さんしゅ？」

「蚕の種と書きまして蚕種。厚紙《あつがみ》に蚕の卵を植え付けたものです。蚕種に用いられる蚕種紙には定寸《じょうすん》がございまして、縦一尺二寸、横七寸五分。そのなかにざっと六万から八万の卵が産み付けられております。孵化する歩留まりは六割強。つまり、茶店の盆ほどの大きさの蚕種から、およそ四万頭の蚕が生まれることになります。それだけに蚕種は高価であり、かつては一枚一両が相場でしたが、近年は三両を上回ることも珍しくはございません」

長英はあらためて、自分が養蚕をまったく知らぬことを知った。

「申し上げたように、塚田与右衛門も佐藤友信も、その蚕種屋です。蚕種屋はそれぞれに競って他よりも優れた蚕種をつくろうとします。そして、どこの蚕種屋の蚕種が優れているかは詰まるところ、蚕種を買った養蚕農家が秋にどれだけ良い繭を数多く収穫するかで決まります。当然、蚕種屋としては、自分の客である養蚕農家がしっかりとした養蚕の技を身につけて、人の目に止まる成果を残してもらわなければなりません。逆に、農家の技が未熟であるために、孵化の歩留まりが悪かったり、繭がけが少なかったりすれば、それを蚕種のせいにされることも容易に考えられます。蚕種の品質は蚕種だけでは決まらず、農家の技と相俟《ま》って評価されるのです」

「すると、養蚕指導書とは……」

思わず、長英は言葉を挟んだ。

「本来、養蚕農家という商いの客に顔を向けたものですか」

「さようです」

瀬島の顔に笑みが洩れた。

「彼らは自らの商いを盛んにするために、『新撰養蚕秘書』を、『養蚕茶話記』を著したのです。篤農家としてではなく、蚕種屋として指導書を出したことがお分かりいただけたかと存じます」

「なるほど」

目の前を覆っていた薄皮が取れたような感があった。

「それゆえ、あれほどすべての内容を網羅しているにもかかわらず、二冊ともに、ひとつだけ抜けている作業がございます。それが何か、もうお気づきですね」

「蚕種をつくる作業かと」

問われる前に、それは予想していた。

「さすが、阿部様でございます。仰せの通り、蚕種をつくる作業だけが抜けております。そこは自分たちだけの領分で、秘すべき事柄が詰まっておるゆえ、意図して省いているのでございます」

瀬島は蕎麦猪口を口に持っていって傾けたが、既になかは空だった。一瞬、戸惑った顔つきを浮かべて猪口をあった処に戻し、一つ大きく息をついてから話を続けた。

「実は、それがしが欲しいのは、その省かれた部分なのです」

瀬島は膝を詰める。

「この際、敢えて御役目を明かしますが、それがしは篠田藩江戸屋敷で興産掛を勤めております」

同じ役目と知っても、驚きはしなかった。ただの江戸詰めにしては、養蚕はもとより書物問屋等にも詳しすぎるし、なによりも目の付けどころが、いちいちがった。

「それで、この夏より蚕種に目を付けました。蚕種の産地と言えば、御公儀から『蚕種本場』の称号を与えられたように陸奥国の信達《しんたつ》地方、即ち阿武隈川《あぶくまがわ》沿いの信夫《しのぶ》郡と伊達郡と決まっており、長く脅かす国も現われなかったのですが、近年、上田《うえだ》藩の千曲川《ちくまがわ》沿いが急速に力を蓄えてきていることを察知いたしました。上田藩にできるなら、似た地形の我が篠田藩でもできぬことはないはずと、探索を始めたのでございます」

瀬島と自分とのちがいを、長英は思い知らされていた。興産掛は、やはり、こういう男が務めるものなのだろう。

「ところが、申し上げましたように、元々蚕書は刊行が少ない上、手に入るものはことごとく蚕種の部分が抜けております。蚕種屋が出す本がほとんどなのですから抜けていて当たり前なのですが、とりわけ我々が最も知りたい歩桑《ぶぐわ》に関する記述となると、皆無と言ってよい有り様です」

「歩桑、でござるか」

重秀と藤兵衛が話していたあの言葉が、そこで出てくるとは思っていなかった。

「歩桑をご存知ですか」

「いや、存じおるわけではないが、耳にしたことはあり申す」

もしも、重秀らが前へ進めようとしていることを阻んでいるものが、あの歩桑であるとすれば、なんとしても瀬島の企てに乗らなければならない。

「なぜ、歩桑のことを知りたいのかと言えば、それが蚕種屋の最も恐れる蠁蛆《きようそ》と関わっているからです。蠁蛆とは、ある種の蠅《はえ》のことでして、蚕がいよいよ繭をつくって蛹《さなぎ》になったとき、突如、この蠅の蛆《うじ》が蛹から湧き出し、繭を喰い破って出てきます。養蚕農家であれば繭が売り物にならなくなって、半年に及ぶ休みなしの苦労が水泡に帰し、そして蚕種屋であれば、蚕種をつくるための種繭が全滅してしまいます。蚕種一枚つくるだけでも、かけ合わせる雌雄の蚕蛾《かいこが》が合わせて四百頭必要になるのです」

　先刻、瀬島が一枚の蚕種から四万頭の蚕が生まれると言ったことを長英は覚えていた。その害さえなければ、四百頭の二親《ふたおや》から実に四万頭の子が生まれることになる。その四万頭を親にすれば、さらに四百万頭の子が生まれる。元が百倍になる。それが、瀬島が狙う、蚕種屋の商いなのだろう。

「その昔ならば、文字通り虫が湧いたということで神頼みになったのでございましょうが、さすがに寛政の世でございます。蠁蛆害に至る道筋は、とうに分かっております。まず、蠅が蚕の餌である桑の葉に卵を産み付けます。その葉を蚕が食べることで卵が軀に入り、なかで孵化して蛆になって、蛹を、繭を喰い破るのでございます。つまり、大元は、蠅の卵を宿した桑の葉でございます。卵のない桑の葉だけを蚕に食べさせれば、蛹から蚕蛾になる歩留まりが高くなるというわけで、その桑を歩桑と呼ぶようになったのでございます」
　五、六年も前の、歩桑とは何だろうという疑問の答を、長英はいま得た。こんなに長く、疑問のままにしておいてはいけなかったのだと、答と出逢って思った。
「とはいえ、どうすれば、歩桑を育てることができるのか、その仕法が摑めません。皆目分からないというわけではなく、たとえば、桑畑の場所は風が吹き渡る谷間《たにあい》がよいことくらいは知られております。強い風に邪魔されて、蝿が桑の木まで飛んでこれないという素朴な理屈で、これは、ま、信達にしろ上田にしろ、大河に沿って産地が広がっていることを見れば容易に考えつくことです。ただし、そうした、いま分かっていることだけをやってみても歩桑は穫《と》れませぬ。土づくりや品種等を含めた、全体の仕法がきっと重要なのでございましょう」

瀬島は腰を折って額を寄せ、さらに声を潜めた。

「実は、それを記した書がございます」

長英は耳をそばだてる。

「むろん、書物問屋から出ているものではございません。蚕種屋が子孫に伝えるための養蚕日誌でございます。日誌と申しましても覚書きのような漠然としたものではなく、毎日の天候や、その日、どういう試みをして、どう成功したか、またどう失敗したかが、何十年にもわたって事細かく記述されています」

それこそ秘伝ではないかと、長英は思った。

「まさに本草に言う親試実験の集大成でして、蚕種屋の商いが末代まで継承されることを意図しておるゆえ、客のための養蚕指導書とは真剣味がまったくちがいます。我々はいま、その養蚕日誌を手に入れるべく動いているのです」

瀬島は折っていた腰を戻して、大きく息をした。そして、続けた。

「実は、それがしは江戸定府でございます」

やはり、そうかと長英は思った。馬喰町の林果堂を出て、共に通りを歩いたときから、あるいはそうではないかとは踏んでいた。江戸詰めにしては、話す言葉が国の名残りをまったくとどめていなかったし、町にもいささか詳しすぎた。それに、なによりも、江戸者の匂いがした。

「奥州篠田藩の藩士ではありますが、江戸は小石川で生まれ、小石川で育ちました。国元には、御藩主の初の御国入りの際に一度足を踏み入れたのみにございます。おのずと、興産掛などをしていますと、江戸しか知らぬ者に篠田の何が分かる、という言われ方をされがちです。同じ中身の話でも、江戸詰めの者の話は国へ伝わりますが、江戸定府の話は国まで届かぬのです。それだけに、なんとしても日誌を入手して、篠田に蚕種の技を根づかせなければなりません。江戸定府でも、これだけのことができると、国元に示さなければならぬのです」

森田啓吾に似た童顔と、二十七という齢に似合わず、瀬島晋平の話は言葉ひとつひとつに重みがあった。その理由の一端に、長英は触れた気がした。

「先刻の瀬島殿のお話……」

この男なら乗ってもよいだろう、いや、乗らなければならぬと、長英は思った。

「その書を分けていただけるというお話、甚だ厚かましくはあるが、是非ともそう願いたい」

玄猪まで、あと五日だった。この機会を逃せば、二度と興産の策に近づくことができないのは明らかに思えた。

「ついては、この御礼のみではいかにも不足と思われる。そういう書であれば、もとより入手の困難さは尋常ではあるまい。瀬島殿が言われたように手間も金子もたんとかかろう。それを分けていただく以上、当方も応分の負担をせねばならぬ。これでよいなどとおっしゃらず、どうか、忌憚《きたん》のないところをお聞かせ願いたい」

瀬島と出逢えたのは、誓いを立てた摩利支天の御加護のような気さえしていた。

「阿部様……」

瀬島は腕を組んで、そして言った。

「申し上げたとおり、我々はいま懸命になって動いており申す。とはいえ、事の性格上、絶対に入手できるという確証はございませぬ。金子をいくら注ぎ込んでも、何も得られないことは十分にありえるのです。いまの阿部様のお話、それを承知の上でのお申し出でございましょうか」

急に増した目の力が、長英の覚悟を問うているようだった。

「先刻、それがしがお分けすると申し上げたのは、書の御礼のみを頂戴するのであれば、たとえ入手できぬ事態に至っても諦めていただけるであろうと思えたからでございます。応分の負担を、ということであれば、そのことをたしかめさせていただかなければなりませぬ。また、お察しのとおり、この件に注ぎ込んでいる費用はけっして小さなものではありませぬ。おのずと、それなりの額を引き受けていただくことになり申すが、それでもよろしいか」

言うことがいちいち、もっともだった。

「敢えて申し上げるが、そちらが負担をされてもされなくとも、結果は同じでござる。手に入ればお分けするし、入らなければ諦めていただく。されば、それがしには、この御礼だけで済ませておくほうがよろしかろうと思われるが、いかがか」

「いや」

即座に、長英は答えた。

「応分の負担を、お願い申し上げる」

既に、腹は固まっていた。

「ならば……」

ふっと息をついてから、瀬島は言った。

「後日、負担いただく額をお伝えすることにいたしましょう。しかしながら、重ねて申し上げるが、手に入るという確約はできぬし、手に入る入らないをいつまでに返答するというお約束もできかねます。明日手に入るかもしれぬし、一年が経ってもなにも進んでおらぬかもしれぬ。そのこと、きっとお含みおきいただきたい」

「承知！」

もとより、不首尾は覚悟の上だった。


瀬島晋平から額を伝える書状が届いたのは、その二日後だった。

あの日以来、茂原市兵衛が決済できる額を超えたとき、どうやって江戸屋敷の勘定から金子を引き出すかに頭を捻《ひね》っていたのだが、書状を開いてみれば、そこに記されていたのは三十両で、覚悟していたよりは随分と低かった。

瀬島晋平なる人物についても、念のために前日、伝《つて》を辿って篠田藩の人間に当たってみたのだが、たしかに、そういう名の藩士はおり、江戸定府で興産掛をしていることも間違いはなく、人相風体を伝えてもそのとおりだった。

直ちに、承知の旨を記した書状を持たせて使いの者を小石川の篠田藩上屋敷に送り、それから三日後の今日の午九つ、再び、柳原通りの杉屋の小座敷で会って、負担の金子を渡すことにした。

三十両ならば、既に手元にあった。長英の中西派一刀流取立免状取得を披露する宴まではもう二十日を切っていて、あらかたの精算は年の暮れになるとはいえ、その場で支払わなければならぬ出費もなくはなく、備えとして茂原市兵衛から五十両を預かっていたのだった。

昨夜は夜五つを過ぎてから雨になったのだが、明け六つに目覚めたときにはすっかり上がっていて、半ときも経った頃には、銀杏《いちょう》の葉に居残った雨の粒を、朝の陽が透かしていた。一昨日までは玄猪の儀への備えで慌ただしかった江戸屋敷も、当日はすべての用意を終えて、初冬の朝らしい落着きを見せている。まだ赤々としている裏庭のイロハモミジの枝に目を遣りながら、こんな玄猪の朝を迎えられるとは、と長英は思った。

六日前の夜には、この日までに興産の策を見つけられなかったときは、自分が竹内晴山のあとを追おうと心に決めていた。それが、この日より、蚕種という大きな興産の策が動き出す。おそらく、それは阿部重秀と中山藤兵衛にとって、長く懸案のままになっていた策のはずである。

長英は柳原で最も大きな川である丹奈川を想い浮かべる。川を抱く段丘《だんきゅう》には桑畑が広がっている。桑は皆、歩桑である。蚕はその歩桑を食《は》んで、一斉に蚕蛾へと育つ。いつか柳原は、信達、上田と並ぶ『蚕種本場』になる。

こういうことがあるのだと長英は思い、ぎゅっと詰まった朝の冷気を吸った。胸いっぱいに清涼な空気を充《み》たして、そろそろ出ようかと思う。

杉屋で瀬島晋平と会うまでにはまだ間があるが、五つ半より中西道場でも玄猪祝いが執り行われる。瀬島も来るものとばかり思っていたが、あの件で動き回っているらしく、残念だが遠慮するということだった。

午九つ半からは玄猪稽古もあるが、それにも出ぬらしい。もっとも、長英も江戸屋敷での玄猪の儀に備えるため、玄猪稽古は免れている。通常ならば取立免状以上の者は必ず仮名字以下の者に稽古を付けなければならないのだが、当年に免状を授かった者については、既に例年の行事が決まっておるゆえ、その限りではなかった。

いつものように不忍池と御山を左手に見て下谷広小路へ出る。やはり玄猪とあって、いつにも増して人が出ている。六日前の宵《よい》にはよそよそしかった賑わいが、向こうから擦り寄ってくるようで、知らずに肩の力が抜けた。

ふと、中西道場へ行く前に摩利支天へ御礼参りに寄ろうかと思ったが、まだ朝とはいえ徳大寺へ詣でる路が人で埋まっているであろうことは容易に想像できる。江戸屋敷での玄猪の儀は八つ半からだから、たとえ瀬島晋平と半ときを超えて話し込んだとしてもまだ一ときはあると思い直して、杉屋のあとに参ることにした。

中西道場では、玄猪祝いの儀礼のあとに紅白の餅を搗《つ》いた。長英も誘われて杵《きね》を持つ。杵を振るうちに、柳原の村の玄猪が脳裏に蘇る。村では、子供らが石で地面を搗く。丸く大きな石は紐《ひも》で括られており、引き紐が十本ほども結ばれている。子供らはその引き紐を手に持って輪になり、亥の子歌を歌いながら、輪の真ん中に置いた石を引っ張り上げては落とす。そうして地面を搗いて、田の神を天にお返しするのである。長英は杵で餅を搗きながら、頭のなかでは石で地面を搗いていた。

紅白の餅が入った紙包みを手にして、中西道場を出たのは四つ半である。いつもはなんとはなしに裏路を往くのだが、今日は下谷御成街道《おなりかいどう》を通って昌平橋《しょうへいばし》を目指す。餅搗きのときにかいた汗が乾き切らずに少し肌寒い。自分も江戸の陽気に馴れてしまって、随分と柔《やわ》になったと長英は思う。肌もそうだし、舌もそうだ。あまりに塩辛い漬物は苦手になったし、茂原市兵衛ではないが、蕎麦もすっかり江戸蕎麦を好むようになった。

杉屋の蕎麦切りの香味を舌が思い出して、思わず足が速まる。午九つの鐘よりもかなり前に須田町に着いたが、既に瀬島は小座敷に上がっていた。一応の挨拶のあと、長英は瀬島の分の紅白餅を手渡す。ああ、玄猪でしたな、と言って瀬島は笑顔になったが、心なしかその笑みは硬かった。

なにはともあれ、蕎麦切りを一枚腹に送る。杉屋はもう三度目だが、今日がいちばん旨い。直ぐに二枚目を頼もうとしたが、瀬島は、今日はこれで、と言い、お気持ちは変わりませんか、と続けた。

「なにか、ござったか」

長英は言う。あれから五日が経っている。状況に変化があっても、おかしくはない。

「いや、なにもございませんが……」

瀬島は蕎麦湯を注ぐ。

「なにもないということは、つまり進展もございません」

「ああ」

長英も蕎麦湯を注ぐ。二枚目はこの次に取っておく。

「数日のあいだに進展があるほど容易なものではないでしょう」

今日も汁《つゆ》がよく伸びる。たっぷりと蕎麦湯で割っても、味の腰が折れない。

「我々は引き返すわけにはまいりませんが、いまならば、阿部様は引き返すことができます」

瀬島は続けた。

「もしも、この五日のうちに、いささかなりともお気持ちに変化があった場合は、遠慮なくおっしゃってください。お引き止めはいたしません」

「いや、変わりない」

自分も引き返すことはできぬのだと、長英は声には出さずに言った。

「それでは、お約束のものを」

たぶん、いまが頃合いなのだろうと蕎麦猪口を置き、懐から三十両を収めた包みを取り出して前に置く。

「お改めくだされ」

瀬島は無言で包みに目を落としていたが、廊下に人の歩く気配を察すると、ふっと息をついて言った。

「いや、それは無用でございましょう」

そして、腕を延ばして、包みを手にした。

「このあと、午九つ半からは、阿部様は玄猪稽古でしたね」

懐に包みを入れると、瀬島はようやく柔らかい笑みを浮かべて言った。なんとしても日誌を手に入れるとか、迷惑をかけないように努めるとか、そういうもっともらしい言葉を続けないのが好ましかった。

「それがしも阿部様に稽古を付けていただきたかったのですが……」

瀬島は膝に両手を着けて続ける。新たに取立免状を授かった者にとって、自らもその一人だった仮名字以下の者を指南する玄猪稽古は、いわば晴れ舞台である。瀬島も、長英が勇んで舞台に立つものと思い込んでいるようだったが、敢えて、今日は玄猪稽古に出ないとは言わなかった。そんなことに話を割《さ》くよりも、こうして蚕種の策が進んでいる余韻を味わっていたかった。

「お預かりしたものを生かすためにも、いろいろと人に会わなければならず、それがしはこれにて失礼つかまつります」

けれど、瀬島は言った。なにを話すということではなく、まだ話がしたかった。とりとめもなく、蚕の話を続けたかった。とはいえ、そうと言われれば、引き止めることもできない。

「お頼み申す」

ただひとことに想いを込めて言い、腰を上げて、そして杉屋の前で別れた。

となれば、そのあと行く処は、摩利支天と決まっていた。

来たときに使った下谷御成街道を逆に歩く。けれど、金澤町の角に差しかかったところで急に広い通りを風が抜け、砂塵が舞った。思わず目を瞑《つむ》って立ち止まり、止む気配がないのをたしかめると、風を避けるために新屋敷の路地へ分け入って、中西道場のある練塀小路へ抜けた。

往きも既に相当の人が出ていたが、帰りはそれに輪がかかっていた。徳大寺まで半分も行かぬうちに、人の波で路面が見えなくなる。長者町に逃れようかとも考えたが、どうせ他の路に回っても似たようなものと思い直し、邪魔にならぬよう刀を思い切り落とし差しにして、流れに身を委ねることにした。

中西道場の前に差しかかったときは、玄猪稽古が始まる九つ半を回っていた。少しばかり顔を出そうかとも思っていたのだが、いったん流れを外れると二度と戻れなくなりそうで、そのまま通り過ぎる。じっと我慢を決め込んで、ようやく摩利支天の参道に続く階段を目が捉えたのは午八つだった。やれやれ、と思いつつ階段を上がり、二、三歩、足を進めては止めるという動きを繰り返して、なんとか社殿に詣でた。

知らずに、六日前の宵の誓いが蘇る。詣でる前は御礼の言上《ごんじょう》をあれこれと考えていたのに、いざ、摩利支天の御前に立つと、こみあげてくるものがあって、言葉は散り散りになった。胸底《むなぞこ》から止めどなく湧き上がってくるものが胸を圧して、喉を強張《こわ》らせる。口を開いても、息が切れ切れに洩れ出るばかりで、唇は空を切る。阿部長英は参詣の儀礼も忘れてただただ深く頭を垂れ、わずかに鎮まったとはいえけっして弱くはない初冬の風が吹き渡るなかで、両の掌《てのひら》を合わせ続けた。

そのまま足は動こうとしなかったが、そうしているあいだも、軀は人波に押され続ける。想いを切って踵を返し、再び、人の流れに身を任せた。なにかがおかしいと感じたのは、山門を出た辺りまで軀を運ばれた頃である。晴れ晴れとしていてよいはずの胸のどこかにくすみがある。流れに歩みを合わせるほどに、くすみは広がってゆく。その広がりの、中心の一点に、長英は心当たりがあった。

摩利支天を前にして、こみあげてきたもののなかに、長英はそこにあってはならぬものを認めていた。堰《せき》を切って流れる想いが胸底から汲《く》み上げてきたのは、命を長らえることができた歓びだった。興産の策に燭光《しょっこう》が差したことのみを慶《よろこ》んでいると信じていた己が、腹を切らずに済んで安堵している。思わず虚を突かれて黙殺したが、閉めた蓋の下で染みは広がっていたのだった。

なんだ、これは。阿部長英はうろたえた。死に怯《ひる》む己と、長英は初めて出逢った。死は常に己の傍らにあって、いつでも重ね合わせることができる近しい間柄だったはずなのに、いつの間にか疎遠になっていたのだった。

摩利支天横丁を往く前方の人波のなかに、瀬島晋平の後ろ姿を見たのは、そんなときだった。

手を延ばせば届きそうな距離に、瀬島晋平の髷《まげ》はあって、同じ齢格好と見える武家と言葉を交わしながら歩を進めている。

雑踏に掻き消されぬよう声を張り上げている上に、先刻からの風が前から吹いているこ ともあって、二人の話は容易に阿部長英の耳へ届いた。

「いいのか。こんなところをほっつき歩いていて。見つかったら、どうする。中西道場とは目と鼻の先だろう」

肩を並べて歩く、連れの男が言う。

「見つかりなんぞせん。晴れの玄猪稽古だ。いまごろ奴は得意満面で格下に稽古を付けている真っ最中だろう」

瀬島が答えた。風に乗った声が、高揚を伝えてくる。

「万が一ということもある」

「別に見つかったからって、どうということもない。俺はなんの約定《やくじょう》もしていない。いついつまでに獲物を渡すと確約して渡さなかったら騙《かた》られたということになるが、俺は、獲物が手に入るか入らぬか分からぬし、いつになったら分かるという返答もできぬと言い切っている」

語りたくて仕方がないという風だ。唇を閉ざしても、言葉が勝手に洩れて出る。

「それどころか、止めたらどうだと忠告さえしてやっている。なのに、奴が勝手に喰いついてきた。俺はいつでも堂々と奴と会うことができる。どうかと訊かれたら、まだ、と答えればいいだけの話だ。度重《たび》なって面倒になったら、やはり駄目だったと言えばいい」

　奴とは誰だと、長英は思う。

「なにがどうなってもボロは出ぬようになっているというわけか。しかし、よくもそんなうまい具合に行ったもんだな」

「ふつうの男なら、こうはいかん。うまく行ったのは奴が田舎者で、おまけに本物の武家顔《づら》していたからだ。頭のなかが、武家はかくあるべき、の、べきだらけで、ちょっと誘い水見せるだけで、おもしろいくらい呆気なく喰らいついてくる。途中からはさすがに哀れに思えてな。半ば本気で、止めたらどうだと何度も言ってやったのに、よけいに武家顔してきおった。度《ど》しがたいとは、あのことだ」

　奴とは誰だ。

「だから、情をかけたというわけか。そういうことなら、三十両では少なかろう。俺は百両はふんだくると思ってたぞ」

「俺はいつでも堂々と奴と会うことができると言ったはずだ。三十両は手付けだ。奴なら、この先、どうとでも言って、いくらでも引き出せる。手元が足らなくなったでも、あと少し金子を足せば獲物が手に入るでも、言い草はなんでもいい。

一度の百両より、際限のない金蔵《かねぐら》のほうがよほどよかろう」

奴とは……誰だ。

「やっぱり、お前は人でなしだ。玄猪に詣でてから、上野山下でケコロ遊びをしようなどと言い出したのも、奴の目と鼻の先で遊んで奴を嗤《わら》いたいのだろう。人が悪いにもほどがあるぞ」

「そう言ってついてくるお前はなんだ。それにな、ケコロと遊ぶ理由は他にもあるぞ。他の岡場所とちがって、上野山下のケコロはほんとうに素人に当たることがある。吉原《なか》や品川《みなみ》なんぞよりよっぽどおもしろい。そのケコロが寛永寺のお膝元ということで御改革の槍玉に上げられ、風前のともしびだ。いまのうちに通っておかないと、もう金輪際拝めなくなる」

奴とは……。

「そいつのお陰で当分は通えるというわけだ。なんと言った？　そのありがたい剣術の大先生の名は」

「ああ、よく言ってくれた。金が入ったら、名前を忘れちまいそうになった。これからもちょくちょく引き出すんだから、金蔵の名前を忘れちゃあいかんな」

「それはなしだぞ」

「阿部だ。阿部長英。柳原藩のな。お前も覚えておいてくれ」

「柳原藩の、あべ、ちょうえ、だな」

瀬島晋平と阿部長英を呑んだ人波が、摩利支天横丁から常楽院の門前町を抜けて下谷広小路へ出ようとする。長英の耳はもう、瀬島の声を捉えない。吹き渡る風のなかで、瀬島の唇が音もなく動き続ける。

歩みはだんだんと早くなり、長英の目から瀬島以外の人が消えていく。やがて、谷川が本流と出逢うように人波は下谷広小路に散り始め、瀬島と連れは右に折れて忍川に架かる三橋《さんきょう》へ差しかかった。渡ってしまえば、将軍家の菩提寺である東叡山の黒門が近い。

「瀬島殿」

長英はすっと間を詰めて瀬島の背に声をかける。落とし差しにしていた刀の鞘は、いつでも抜ける閂《かんぬき》差しになっている。

「これは……」

瀬島はおもむろに軀を返して言う。

「もう、玄猪稽古はお済みですか。随分と早いですな」

言葉は常にも増して滑らかだ。顔色も変わらない。

「いつからか？」

長英は問う。

「ん……」

瀬島の目が動いて、閂差しになった刀を捉える。

「聴かれましたか」

ふっと息をついた。

「いつから騙ろうとしていた」

声は鎮まっている。それでも、瀬島の連れは顔を凍りつかせてあとずさりをし、突然、弾かれたように走り去った。

「あんたが八両よこしたときだ」

瀬島は怯《ひる》まない。

「いくら蚕書でも、二冊で八両するわけなかろう。そんなに金が余っているなら、貰ってやろうと思った」

声に揶揄《やゆ》する色が洩れる。

「真は、養蚕日誌など探しておらなかったのか」

「探しておったこともある」

湖面のようだった瀬島の顔に、波が立ったように見えた。

「あの二冊をくれると言ったのも騙りか」

「それを訊くか？」

不意に、声が乱れる。

「あんたが、それを訊くのか」

堰が切られたように、顔が崩れた。

「騙りのわけがなかろう！」

瀬島は声を絞り出す。

「俺もいっときは本気で国元に蚕種商いを根づかせようと思った男だ。だから、林果堂で立ち尽くしているあんたを見たときは、柄にもなく力になってやろうとした。金に換えようと持っていった蚕書をくれてやろうとしたのも本心だ。国元の文庫の話を聞いたときは腹の底から凄いと驚いて、是非、あの二書を役立ててほしいと思った。なのに、なぜ騙らねばならなかったか、あんたはまだ分からんのか」

言い放つと、瀬島も左手を柄に添えて、閂差しにした。

「林果堂で会ったとき、俺の顔を覚えていなかったからだ。むろん、瀬島晋平という俺の名も覚えていなかった。俺は幾度かあんたの稽古相手になっている。あんたが取立免状を許されたときもあの場に居て、真っ先に祝いを述べた。名前も名乗った。なのに、あんたはまったく覚えていなかった」

言われてみれば、中西道場の壁に阿部長英の名前が貼り出されたとき、いち早く祝いの言葉を寄せてきた男がいた。そのときも顔を認めていなかったが、あれが、瀬島晋平だったということか。

「俺は小太刀や刃引きではない。仮にも、取立免状の直ぐ下の仮名字だ。その俺を、あんたは小僧扱いした。俺の国元の田舎侍がそうするように、小僧扱いしたのだ。分かるか。俺は仮名字になるために、人知れず血を吐くような稽古を重ねた。中西派一刀流の仮名字を得れば、国元の俺を見る目を変えさせることができると思ったからだ。ようやく、この春、許されて、想いどおりに一目置かれるようになった。廊下で出くわしたとき、侮蔑の色を隠さなかった奴らが、目を伏せがちにして擦れちがうようになった。これで蚕種の一件も前へ進めることができると、歓喜したものだ。しかしな。それは半年と持たなかった。あんたの取立免状で、俺の仮名字の価値など紙よりも薄くなった。分かるか。あんたが俺になにをしたか分かるか。その上にだ。その上に、あんたは俺の名さえ覚えていない。

分かるか。あんたに分かるか。金を騙るくらいがなんだ。どれほどのことだ。いいか、剣を抜きたいのはな、あんたではない。この俺なのだ」

一気に言い終わるや、瀬島晋平は足を擦らせて間合いを空け、鯉口を切った。

「玄猪稽古、付けてもらうぞ」

ためらうこともなく腰の物を抜いて、本覚《ほんがく》の構えをとる。

わずかに両の肘を張って、手の内を青眼よりも高く保ち、柄頭《つかがしら》と剣尖《けんせん》をつなぐ線を相手の目線と重ねる。刀身を隠して、動きを読まれるのを防ぐ構えである。

長英も無言で鞘を引く。己の非礼を認めながら、鞘を引く。ただ、段位を駆け上がらねばならないことだけが頭にあって、稽古相手が何者であるかには一切気が向かなかった。が、いまさら詫びを口にしても詮《せん》ないことだ。瀬島の軀がもはや止まらないように、長英の軀も止まらない。二人は同じ行く手を、見ている。

瀬島は本覚の構えを保っている。自ら打ち込んでくる気配はない。一刀流の定石どおり、相手の技の起こりをいち早く察して剣を合わせるつもりだ。合わせた刀の凌《しのぎ》に力を集めて相手の太刀筋を逸《そ》らし、一刀の下に斬り下ろす。

息は整っている。

手の内も柔らかい。

力が洩れ出ていない。

しっかりと勢いを溜めて、長英が仕掛けてくるのを待っている。

江戸定府の藩士なのに、本身《ほんみ》で結び合ったことがあるのだろうか。道場での習いを、路上で使えている。

長英は、しかし、委細構わない。

深く腰を落とした下段青眼で対するやいなや、すっと右足を踏込んで、鳩尾《みぞおち》に突きを入れた。

瀬島には、その一拍子の動きが見えない。迎え討って斬り下ろそうにも、突きの起こりが分からない。

目の前の阿部長英は抜いて、構えたばかりで、そよとも動かなかったはずだ。本覚の構えをとったまま、己の腹に突き刺さった本身に、瀬島は惚《ほう》けたように目を落とす。

瞬時に引かれた剣尖を見やってから、うぇっ、と声ともつかぬ声を洩らし、前のめりになって崩れ落ちた。

わずか一段のちがいだが、仮名字と取立免状を分かつ溝はあまりに深い。

抜き身を振るって鞘に収めた長英は、周りには目もくれずに背中を返す。

一瞬の間の変事で、気づいた者はまだわずかだ。不忍池沿いにずんずんと歩を進め、柳原藩江戸屋敷に向かう。池も、御山の紅葉も、視野には入らない。門を潜り、御用口を上がって廊下を進む長英に、部屋から出てきた茂原市兵衛が気づく。市兵衛は書状を手にしている。

「おい、阿部！」

市兵衛が呼び止めるが、長英は振り返らない。目を真っ直ぐ前に据えて、大股で歩み去ろうとする。

「おい、待て、長英。吉報だぞ。国元からの吉報だ」

長英の後ろ姿は左に曲がって、裏庭に続く廊下に隠れる。

「鮭が上がった！　鮭が上がったのだ。お前の興産の策が実ったぞ」

鶴瀬川に鮭が遡上してから十九日目。阿部重秀が茂原市兵衛と阿部長英へ送った手紙は、それでも常よりは早く江戸屋敷に到着した。

「おいっ、聴こえんのか！」

市兵衛は長英のあとを追って、廊下を左に折れる。誰もいない。突き当たりは裏庭へ出る戸である。下駄に足を入れて戸を引く。吹き渡る風にイロハモミジの紅葉が舞う。直ぐに、目は木の根元に行く。一面の紅に染まった落ち葉のなかに、正座をした長英が突っ臥《ぷ》している。市兵衛は駆け寄って肩を起こす。もはや首は据わらないが、両の掌はまだしっかりと、脇差の柄を握り締めていた。

十月四日～五日　柳原

「若殿のお手伝いをさせていただくと明言したにもかかわらず……」

森田啓吾は頭を伏せて言った。同じ十月四日の夕の、阿部重秀の屋敷である。

「あれから半月しか経たぬうちに前言《ぜんげん》を翻《ひるがえ》しまして、面目次第もございませぬ」

「ま、頭を上げろ」

御城での玄猪の儀から戻った重秀は、昨夜啓吾から渡された丹奈川普請要諦書に目を落としている。

「お主なら、なんの不思議もないとはいえ、それにしても見事な仕上がりだ」

感に堪えぬ風が洩れて出る。

「儂らの知らぬあいだに、たった独りでこれほどのことを進めておったとはな」

そう言って、要諦書を閉じた。

「たしかに、当面とはいえ、鶴瀬川だけでは心もとなく思っていた。この丹奈川の川普請が陽の目を見れば、押しも押されもせぬ藩業として、種川も認知されるにちがいない」

重秀は目を要諦書から啓吾に移して笑みを浮かべた。

「これだから、居《お》れば、手放すのが難しくなる。だからこそ、いつぞや、このままでよいのか、と言ったのだ」

「お詫びの申し上げようもございませぬ」

「お主がこの国にとどまると言ってくれたゆえ、つい、このまま頼ろうとする心が起きかけたのも事実だがな……」

重秀は小さく息をついてから続けた。

「あのとき、ときは大事に使わなければならん、と言った気持ちに変わりはない」

きっぱりと、言った。

「これで胸の支《つか》えが下りたと言ってもよい。やはり、このあたりが潮時なのだ」

目を遠くに遣って、戻した。

そして、問うた。

「江戸か、長崎か」

「長崎に参ってみようかと」

啓吾は答えた。

「長崎、か」

重秀はまた遠くに、目を遣った。

「落ち着く先は決まっておるのか」

「しかとは決まっておりませぬが、前々からいつでも来て構わぬと言ってくれている処がございますれば、学びたいという己の気持ちを走らせて、ともあれ赴いてから考えることに致しました」

「それがよい。学ぶ気持ちに枷《かせ》をかけてはならぬ。思い立ったが吉日は、いついかなるときでも正しい」

「重ねて、申し訳ございません」

「詫びは無用だ」

今度は大きく、重秀は息をついた。

「なんと申したかな」

そして、ゆっくりと唇を動かした。

「長崎の峠の名は、なんと申したかな」

「日見峠《ひみ》でございますか」

「そう、日見峠だ。読んで知ったのか、あるいは人から聞いたのか、長崎というとその峠の名が思い浮かぶ」

「ああ……」

　啓吾の目が柔らかく動いた。

「長崎に入るときはきまって日見峠を越えるそうでございます」

「それぞれに、感慨を覚えるようだな」

「わたくしも聞いた話ではありますが、長崎に入るには佐賀から諫早《いさはや》に入り、矢上か日見でしばしの休みを取って、あとは一気に日見峠を越えるそうでございます」

　重秀は書でしか他国を知らない。長崎はむろん、江戸も京大坂も知らない。啓吾の話を聴きながら、おそらくはこの先も、柳原以外の国を見ぬままに終わるのであろうと重秀は思った。

「それまでは、ま、さして代わり映えのしない郷村や山道が続きますので、峠に立って長崎の港を眼下に捉えたときの感動はひとしおなのでございましょう。あるいは、異人船も目にできるのかもしれません」

「それと、いよいよ長崎に入る一瀬橋《いちのせばし》だ。立派な石の橋だそうだな」

ずっと親試実験を旨としてきたにもかかわらず、他国は一度も己が目でたしかめていないことが、あらためて思い返される。

「そこより日見街道が始まりますので、まさに長崎の玄関と申せましょう。百年以上も前に、唐大通詞の潁川藤左衛門《えがわとうざえもん》様が私財を投じて架けられたそうにございます。以来、ずっと持ち堪えているわけですから、さすが、石の橋は強うございますな」

「しかし、一瀬橋まで来ると、なんとも異様な臭いが漂って、卒倒しそうになるというではないか」

「その記述はわたくしもたびたび目にしましたが……」

森田啓吾は苦笑した。

「どうやら、あれはそのように書く約束事のようでございます」

「約束事？」

「異人は異臭を放つに決まっているから、長崎の町も異臭に包まれているはずである。ついては、由緒正しい日本人はまずその異臭に驚いて卒倒しなければならないということで、いつの頃からか、長崎の入り口となる一瀬橋に触れるときは、例外なくそのように書き留める習わしになったと聞きました」

「なんとも、まあ」

「実際は、一瀬橋の辺りは夏には蛍の舞う景勝の地として知られておるようですので、さすがに異臭が漂うことはないのでは、という気がいたします」

久しぶりに取り留めもない話を続けていると、啓吾と初めて会った頃が思い出された。噂を聞きつけて、本草の書を借りに森田家を訪ねたとき、啓吾はまだ十歳だったが、子供ながらに目には知力の光が湛《たた》えられ、軀中から親試実験に挑む覇気が漲《みなぎ》っていた。森田啓吾は、分からないことを分かるのを好む少年だった。

当時、重秀は四十六歳で、既に家に民江の姿はなく、十四歳になった理津と二人で暮らしていた。いつしか重秀は本草の書を借りるためではなく、啓吾と話を交わすために森田家へ足を運ぶようになった。分からないことを分かろうとする人間との会話は齢に関わりなく楽しかったし、それに当初こそ重秀が本草の教えを導く役をこなしたものの、直ぐに啓吾は友になり、そして師になった。

理津が十八歳になって、なんとはなしに婿のことを考えるようになったとき、重秀はごく自然に頭のなかの候補に理津より四歳も齢下の啓吾を入れていた。

外見こそ少年を抜けていなかったが、十四歳の啓吾は、地方御用を進める上での頼り甲斐において、五十五歳の藤兵衛と遜色なかった。人によりかかることなく考えを進める人の成長は、驚くほどに目覚ましかった。もしも理津があの事件さえ引き起こさなければ、あるいは自分は本気で、啓吾を婿に取ろうとしていたかもしれない。

想っても詮ないことを想っていると、障子の向こうから、お茶をお持ちしました、という理津の声が届いた。ここへ、と返すと、障子が引かれて、阿部長英の妻となっている二十七歳の理津が姿を現わす。

中年増とされる齢にはなったが、理津の姿形は重秀の感じる淡さと釣り合っていた。葉のあいだに潜む白い蝶のような、莢豌豆《さやえんどう》の花にも似た涼やかさをいまもとどめている。それでも、ちょっとした仕草には、人の妻となった女の芯のようなものも垣間見えて、理津が茶碗を置いて再び障子の向こうへ消えると、重秀は埒《らち》もないことを思い出していたのを隠すように啓吾に言った。

「で、いつ発つ？」

理津と長英は淡いなりに、割符《わりふ》のような夫婦《めおと》だった。柔らかくはあるが、抜きがたく結びついている。それに、どうあっても、四つも齢上の理津と啓吾に、縁があったはずもなかった。

「明朝に」

目を伏せ気味にして、森田啓吾は答えた。

「明朝？　また随分と急だな」

「受け入れてもらう側の都合もありますれば、とりあえず軀だけ運び、必要なものはあとから整える所存でおります」

「藤兵衛には言ったのか」

「急なことゆえ。申し訳ございませんが、執政のほうからよろしくお伝えいただきたく、お願い申し上げます。また、追って文など致すつもりでおります」

「ならば、このようなことをしている場合ではないではないか。この家の者だけでも送別の宴をせねばならぬ。玄猪と重なってしまったが、まあ、よかろう」

重秀は立ち上がって障子を引き、大きな声で理津を呼んだ。


随分と飲んだにもかかわらず、阿部重秀の眠りは浅かった。

夢に民江が出てきて、また、いつ、わたくしを御屋敷に戻してくれるのですか、と言った。曖昧にしていると、諦めずに何度でも訊いてくる。思わず、そんなことができるわけないではないか、と大声を発したところで目が覚めた。しんしんと冷え込んでいるのに寝間着が汗で濡れて、喉がからからに渇いている。重秀は床を抜けて、台所に向かおうとした。障子を引こうとすると、足になにか軽いものが当たる。腰を屈めて手に取ってみると、書状らしい。どういうことだと訝りつつ、寝床へ引き返して行灯《あんどん》に火を入れた。灯りに浮かび上がった書状の表には、理津の手で、御父上様、と記されていた。感ずるものがあり、開くのももどかしく墨字を追う。ありえない文字がそこにある。幾度か、その文字を目でなぞると、考えるよりも先に軀が動いた。一瞬の無駄もなく、そして音を立てぬよう身支度を整えた。

理津も啓吾も、最後まで宴に出ていた。はっきりとはせぬが、おそらく発ってーときとは経っていまい。自分がこれほど早く目覚めるとも想っていないはずだ。いまから自分の足で追いかければ、女連れなら領内で追いつける。柳原から国外へ出る路は一本の脇往還しかない。石津から海路を往くとしても、とりあえずその脇往還は使う。ひたすら、足を大きく運び続ければよい。

重秀は裏口からそっと屋敷を出る。この目で事をたしかめるまで、家中の者たちに知られてはならない。鐘は聴こえぬが、おそらくは八つ半の頃だろう。まだ陽が上がるまで一とき半はある。落ち着くことだ。落ち着いて、いささかなりともましな出口を見つけ出さなければならない。

地方上がりの足は、まだまだ衰えていない。藍に沈んだ城下を、重秀は駆けるように歩く。

歩きながらも、頭はさまざまに巡る。もう、これで欠け落ちを追うのも三度目だ。こうせねばならない、という風には思うまい。阿部長英への義理からすれば、逡巡なく二人を成敗しなければならない。また、そうなるのかもしれない。長英には恩がある。義理はなんとしても果たさねばならない。これから自分は、自分の娘と、最も信を置く若者を斬るのかもしれない。ただ、それは己の目で見届けてからだ。いまから結末を決めてはならぬ。人が人である限り、筋はどうにでも動く。

城下を外れると、脇往還は鶴瀬川に沿って延びる。日は五日で、新月から蘇った月はまだ細く、川面も闇に隠れたままだ。その暗い川から、鮭が跳ねる音だけが届く。鮭はまだまだ上がっている。遠い海から山を目指している。

飛沫《しぶき》の立つ音を耳にしながら、それにしても……と重秀は思う。自分はなにも見えていない。己の目で見ている気になっているが、実は見ているつもりで終わっているのだ。あるいは見たいものだけを見て、見たくないものには目を向けようとしない。そうでなければ三度《みたび》も、近くに居る者が欠け落ちたりはしない。理津と啓吾を結ぶ糸も自分にはまったく見えなかった。民江のときはなにが見えなかったのだろう。そして民江はなにを見ていたのだろう。

半とき近くが経って、躯は城下を外れ、諏訪神社の森が見えてきた。目はもう、闇に馴れている。闇に溶けていたものたちが、それぞれの輪郭を浮かび上がらせている。さらに足を運ぶと、その目が宮ノ宿の宿場を捉えた。もしや、とも思ったが、まだ城下に近い宮ノ宿に二人が宿をとるはずもない。長くさびれたままの宿場には、そうと知らせる提灯の灯りもなく、人を遠ざける落魄《らくはく》の気に満ちている。

そのまま通り過ぎようとして、ふと、足取りが緩む。そこは、柳原文庫が建とうとしている場所である。あるいは、国を出る最後に、立ち寄ったことも考えられる。そうだとすれば無防備にすぎるが、と思いつつも、重秀は宿場へ足を踏み入れた。宮ノ宿は脇往還に沿うのではなく、脇往還と諏訪神社の参道を結んで宿場が延びる。柳原文庫の改修現場は宿場のいちばん奥にある。音を立てずに、重秀は足を運んだ。

辺りに人影はない。しかし、人の気は届く。不意に、いる、と重秀は思う。ここに、いる。二人はきっと、ここにいる。阿部重秀は足を停めて佇《たたず》む。風はなかったのに、鎮守の森がざうざうと音を立てる。その音のなかに、理津と啓吾の吐く息が交じっている。重秀は深く呼吸をして、気を丹田に収めた。そのまま目を伏せてじっと立つ。未明の藍に染まりながら、気を集め続ける。二人を目の当《ま》たりにしても取り乱さぬよう、二人をありのままに見ることができるよう、覚悟を仕切る。

風が鎮まって、本草書の書庫に当てるつもりだったかつての旅籠から物音が届いた。重秀は伏せていた目をそこへ遣る。六間ばかり向こうの引き戸がぐずつきながらも開いて、旅装束の森田啓吾が、次いで理津が姿を現わす。

この期《ご》に及んで、書庫の案内などをしていたのだろうか。足下、お気をつけて、と啓吾が言っている。ふだんの二人となにも変わらずに見える。割りない仲ではなく、姉弟《きょうだい》に見える。二人を目の前にしても、なんでこうして欠け落ちねばならなかったのかが分からない。

三間余りまで近づいて、二人はようやく重秀に気づく。驚きはするが、うろたえてはいない。直ぐに、覚悟の欠け落ちと知れた。理津も、そして啓吾も唇を固く結び、闇に目を光らせて重秀と正対している。

「戻れ」

努めて和ませた声で、阿部重秀は言った。

「このまま夜の明けぬうちに屋敷に戻ろう。それで終わりだ。なにもなかった。なにも変わっていない。そうしよう」

さんざ想いを巡らせたが、結局、他の手立ては考えつかなかった。重秀にとっては、それが自分にできる唯一の譲歩だ。

人に知れようと知れまいと、二人が欠け落ちたことは事実としてある。既に、阿部長英の面目を失わせている。本来ならばためらうことなく斬り捨てなければならない。かつての重秀ならば、敢えて目を瞑《つぶ》ることはできなかった。自分はいま、長英を裏切っている。

森田啓吾が首を回して理津の横顔を見る。理津は重秀の目を捉えたまま、唇を動かした。

「戻るつもりはございません」

退路を断った声の色だった。

「戻らぬとあれば、このまま見過ごすことはできん」

見逃すことができるくらいなら、初めから追いはしない。二人の意のままにさせれば、長英の進退が窮《きわ》まる。

「そこを曲げてお見逃しください。ここで父上に討たれるわけにはまいりませぬ」

毅然とした言い様である。淡いとばかり思っていた理津の、どこにそんな強さがあったのか分からない。森田啓吾との縁の深さがひしひしと伝わってくるが、傍らの啓吾はじっと黙ったままだ。

「それでは長英への義理が立たぬ」

戻ってくれ、と重秀は声には出さずに叫ぶ。歩を進めながら、筋はどうにでも動くと心して、さまざまに策を練った。けれど、いくら考えても、その手立てにしか辿り着けなかった。お前を救ってくれた長英だ。ただの義理ではない。お前を救ってくれた男への義理だ。どうあっても、果たさぬわけにはいかない。

「そこを分かっても、戻れぬのです。後生《ごしょう》でございます。どうぞ、このまま行かせてくださいませ」

今度は深々と頭を下げて懇願する。なんで自分の想いが通じぬのかと重秀は思う。自分を、実の娘を手にかけた父に仕立てようというのか。

「それはできぬと言っておる」

重秀は声を絞り出す。

「ならば勝手に往かせていただきます。参りましょう」

理津は啓吾に振り向いて促し、足を踏み出そうとする。

「待て、考え直せ」

重秀は理津の行く手に立ちはだかった。理津は無言で方向を変える。

「待てと申すに」

重秀は刀の鯉口を切って、足を送った。駄目だ、と重秀は己を制した。このままでは、あの崖の上の、二の舞になる。抜けば、血を怖れぬ己を引き出してしまう。

「お待ちくださいませ！」

啓吾が初めて言葉を発し、理津とのあいだに立ちはだかった。

「これには理由《わけ》がございます」

声を張り上げて、膝を着く。それまでの逡巡《しゅんじゅん》が嘘のような物言いである。

「いかなる理由か」

男と女の欠け落ちに、どんな申し開きのしようがあろうか。

「理津様とわたくしは割りない仲ではございません」

ひざまずく啓吾に、理津が見開いた目を落とす。けれど、啓吾は合わせない。

「ならば、なにゆえに欠け落ちた」

重秀は訊いた。独りで罪を逃れようとする疑念が頭を過った。

「若殿をお助けするためにございます」

まだ鯉口を収めない重秀の目をきっと捉えて、啓吾は言った。


「なにっ」

森田啓吾の言葉はあまりに意外だった。

「長英のことを言っておるのか」

「さようで」

「とち狂ったか。なんで、これが長英を助けることになる。その逆であろう。お前たちは長英の一分《いちぶん》が立たぬようにしておるのだぞ。それが分からんのか」

　思わずかつての自分と、阿部長英が重なった。これほどひどい言い逃れもない。腹の底がかっと熱くなって、ごろごろとしたものが湧き上がる。そのごろごろと熱いものが、二人をじっと観ようとする覚悟を溶かそうとしたとき、傍らで唇を結んでいた理津が口を開いた。

「父上には旦那様のことがお分かりになりません」

　けっして譲れぬという気が、声に漲っている。

「父上にはご無理なのです。旦那様がお見えになっていないのです」

　二人を追うあいだずっと、重秀は己の人を観る目の粗さに想いを馳《は》せてきた。理津の言葉は、立ち上ろうとしていた怒りの炎を一瞬にして消し去った。

「どういうことだ」

　鎮まった声を取り戻して、重秀は言った。

「儂には長英のなにが見えていない？」

　鯉口を収めながら、教えてくれ、と声には出さずに乞うた。自分には長英のなにが見えていない。お前のなにが見えていない。民江のなにが見えていない。

「なにが見えていないのかは、語れませぬ」

けれど、理津は言った。

「語りたくないのではなく、語ることができぬのでございます。強いて申し上げれば、わたくしは語ってお伝えする言葉を持たぬのでございます。わたくしどものような言葉を持てぬ者が居ることが、見えておられないのではないでしょうか」

理津の言葉は、藍を吸った背後の森から伝わってくるように響いた。墨夜《ぼくや》の森は、その深い藍のなかに、言葉にはならぬ諸々を匿《かくま》っているかに見えた。

「父上は言葉が説く世に生き、わたくしたちは言葉で説けぬ世に棲み暮らしております。わたくしたちは言葉よりも、息づかいを聴きます。わたくしたちを満たしている血の音を聴きます。もしも、その境目が見えていらしたら、旦那様を役方に、それも興産掛にされることはなかったと存じます」

鎮守の森が、またざうざうと鳴った。

「旦那様が興産掛に回ったときから、わたくしは旦那様がいつかは腹を召されることになると怖れ続けてきました」

そんなふうに思ったことは一度としてなかった。生粋《きっすい》の剣士に役方が務まるかどうか、危惧はしたが、あくまで御勤めの限りにおいてだった。命を案じるか案じないか、そこには越えがたい開きがある。

「日々、今日という一日が無事に終わりますようにとお祈りしました」

藍に染まった空が白んでいくように、段々と自分の見えていなかったものが見えてくるようだった。

「お祈りするとともに、なんとかして旦那様の御命をお救いすることはできないものかと考えました。旦那様が興産掛に回ってからの四年間、ずっと考え続けました。そして、とうとう、ひとつの手立てに辿り着いたのです。けれど、なかなか踏み切ることはできませんでした。江戸からたまに届くわたくし宛ての便りには、大事ないと認《したた》めてありました。大過なく勤めておると書き記されておりました。わたくしにしても、そんなことがありえないのを分かっていても、どこかに文面のとおりに受け取りたい気持ちがございました」

理津の声が揺れて、戻った。

「けれど、つい先頃、笠森藩の竹内晴山先生のお話を耳にしました。聞いて直ぐ、旦那様と重なりました。今日明日にも旦那様の訃報が届くかもしれぬと、怯《おび》える日々が続きました。もはや、じっとしていることなどできません。甚だ心苦しくはございましたが、啓吾様にお願いしたのです」

「わたくしは国に戻られた若殿をお支えするつもりでおりました」

座したまま、森田啓吾は言った。

「が、それこそが若殿を追い詰めることになると理津様から諭《さと》されました」

「旦那様は父上とはちがうのです」

理津が話を継いだ。

「父上は人の助けを集めて大事を成すのが御役目とお考えでございましょう。ですが、それを当然と思えるのは、ご自身でも御勤めを果たすことができるゆえでございます。旦那様に同じことを求めるのは無いものねだりでしかありません。旦那様の場合は、ただ助けられるばかりになります。そして旦那様は、そのような己を許すことのできるお方ではございません」

小さく息をついてから理津は続けた。

「旦那様には恩がございます。居場所を見つけられずにいたわたくしに、手を差し延べてくださいました。わたくしは母を引き留められなかった子でございます。四歳のわたくしを置いて、母は家を出ました。子供ながらに、世に数あることではないと感じました。わたくしは家を出た母を恨むよりも、引き留められなかった自分を恨みました。わたくしは、ふつうの娘とはちがうのだ。なにかがおかしいのだと思いました。わたくしがおかしいから、母は家を出なければならなかったのだと思ったのです」

阿部重秀はようやく、四歳の理津が母の行方を尋ねなかった理由を理解した。小さな胸で、そんなことを考えていたとは想いも寄らなかった。

「父上には申し訳ございませんが、わたくしは父上では救われないのです。父上のようにご自身でどうにも居場所を築いていける方から手を差し延べられても、わたくしのような者は安心してその手を握り返すことができません。喜んで指を絡めても、直ぐに木の枝を摑んでいるような気になってしまうのです。わたくしの掌《てのひら》が温もりを、湿り気を感じるのは、同じように居場所を見つけられずにいる手です。その掌の持ち主が旦那様でした」

自分と理津との関わりの危うさを、重秀は男親と娘の間柄ゆえと思ってきた。娘には女親にしか言えぬことが多々ある。娘は女親と、言うに言われぬ諸々を分かち合って女になっていく。理津と自分を結ぶ糸が細いのは、仕様のないことなのだと己に言い聞かせてきたのだった。

「旦那様の、その掌のお陰で、わたくしは居場所を得ました。その御恩はけっして忘れません。わたくしとて義理があるのでございます。大きな義理がございます。旦那様が腹を召されるのを、傍らで観ているわけにはまいりません。旦那様にはずっと命を長らえていただかなければなりません。ですから、わたくしは、ここで父上に討たれるわけにはまいらぬのです」

理津を救ってくれた長英への義理を果たさぬわけにはいかぬと、鯉口を切った己がいかにも軽かった。

「長英を深く案じていたのは分かった」

重秀は言った。

「しかし、お前たちが欠け落ちることが、なんで長英を助けることになる？」

それでも、夫への強い想いと、欠け落ちとを結ぶ紐がどう組まれているのかは分からなかった。

「長英はいま江戸だ。お前たちがここで欠け落ちれば探索は容易ではなく、長英は妻仇討《めがたきう》ちのためにお前たちを追って全国を探し歩くことになろう」

十日余り民江を追っただけの重秀でも、旅の終いには、気が痩せ果て、軀は獣の臭いを発した。いまから振り返れば、自分が相手の男に刀を振るうことができたのは、妻仇討ちという旅の過酷さのゆえではあるまいかとも思う。

連日の追跡で軀は疲れ果てているにもかかわらず、けっして消えることのない妻を寝盗られた男の烙印は、まどろむほどの眠りも与えなかった。日々、眦《まなじり》を突っ張らせて足を送り続けていると、目に入るものがことごとく気に障って、剣の鯉口がいかにも緩んだ。

峠路で山犬の群れに囲まれ、牙を剝《む》かれたときは、存分に剣を振るえることに腹の底から歓喜したものだ。それをずっと続ける苦労の、尋常でなさを説く言葉を探すうちに、ふと重秀は気づいた。

「そういうことか」

思い当たったとたんに、顔に血が上った。

「そういうことなのか」

そんなことを考えつくことが、信じられなかった。たしかに、言葉で考えを巡らせていては、けっして出てきようがない、呆れ果てた企てだった。

「追わせるのか」

吐き出すように、重秀は言った。

「お前たちは自分らを追わせることで、長英の命を長らえさせようとしているのか」

欠け落ちた二人が逃げ続ける限り、夫は生きて追跡せざるをえない。

本懐を遂げるまで、夫は生き続けなければならない。

想い人を生かすための、妻仇討ち。

重秀はじっと、藍のなかに浮かび上がる二人の目を見た。

そこに湛《たた》えられた光に、どこまでも逃げ続けようとする覚悟をたしかめながら、真に相手を想えば、これほどまでにたわけた、馬鹿げた、追う者も追われる者も煉獄《れんごく》の、企てさえ湧いて出るのだと思った。阿部重秀は二人の、血の音を聴いた。

「理津」

重秀は言った。もはや、言っておくべきことは一つしかなかった。

「はい」

「お前は己の想いに啓吾を巻き込んだ。啓吾はいかようにもなりえた男だ。江戸でも長崎でも学ぶことができた。その啓吾を一生逃げ回る暮らしに引き込んだ。それは分かっているのだな」

「執政！」

理津が答える前に、森田啓吾が唇を動かした。

「理津様から言われたのではございません。わたくしのほうから理津様にお頼みしたのです。その役は是非、わたくしにやらせていただきたいとお願いしました」

そして、続けた。

「この御役目は、わたくしのものでございます。他の誰にもできぬ、わたくしにしかできぬ御役目と存じております」

「父上のおっしゃられること……」

直ぐに理津が言葉をつなげた。

「胆に銘じております。啓吾様にも、返すに返せぬ義理ができました」

「ならば、行け！」

重秀は言った。あと半ときも経てば闇は消える。早く領内を出なければならない。重秀はさっと、背中を返した。


その足で、阿部重秀は中山藤兵衛の別邸へ向かった。

路々、腹も切れぬなと思った。陽が上れば、理津と啓吾の欠け落ちは明らかになる。長英は重秀からの文《ふみ》が届きしだい、江戸屋敷を発って二人を追うことになるのだろう。苦すぎる旅立ちに、自分の切腹を上乗せするわけにはゆかない。

すべては、自分の短慮から発したことだ。長英を役方に引き込まなければ、理津と啓吾が欠け落ちの汚名を着て逃げ回ることも、長英が一生追い続けることもなかった。腹を切って済む罪ではない。そんなきれいな贖《あがな》い方で、始末をつけるわけにはゆかない。

どうしてやろうかと、己の罪を嚙み締めつつも、一方で、重秀の胸中は冴え冴えとしている。別れる際の、理津と啓吾の目の色を想い返すたびに、心の澱《おり》のようなものが落ちていって、あれやらこれやらを、くすみなく想うことができる。

そして、ふと、いまならば民江を斬れる、と思った。二十年余りにわたって延ばし延ばしにしてきたが、おそらくいまならば、民江を斬ってやることができる。解き放してやることができる。

さまざまに想いを巡らせて、別邸に着いたときは明け六つ近くになっていた。台地からは海が見渡せる。

海と空との際《きわ》に、ようやく一本の白い線を認めることができる。

足を停めて、束の間、その白線に目を遣っていると、いつものように七つ半に起きて圃場を見回っていた中山藤兵衛が声をかけてきた。

しばし、話を交わして頼み事をする。これまでにも頼み事を重ねてきたが、今回が最も厄介な頼み事になるかもしれない。

ひととおり話がつくと、藤兵衛は、清太芋の畑にいらっしゃいます、と言った。

「凍み芋にするための水かけの番を買っていただきましてな。ここでは貴重な水ですので、無駄にならぬよう、最も冷え込む未明に芋に水をかけて凍らせます」

畑に行くと、藤兵衛の言葉どおり、民江は筵に並べた芋に柄杓《ひしゃく》で丁寧に水をかけていた。

「お早いですね」

近づいてきた重秀にそう言った。

「今朝はどのような御用事なのですか」

「うん……」

どのような用事なのかを、ここまでの路々ずっと考えてきた。

「ようやく心が決まってな」

「はい」

民江の視線が重秀の目を真っ直ぐに捉えた。

「そなたを斬ろうとして、ここへ足を向けた」

らしい。

「さようでございますか」

民江はまったく動じなかった。やはり、討たれるのを、ずっと待ち続けていた

「それでは、お願いいたします」

鎮まった声で直ぐに言い、手にしていた柄杓を置いてから続けた。

「わたくしはどのようにしておればよろしいでしょうか。やはり、座ったほうが

よろしいでしょうか」

被《かぶ》っていた渋《しぶ》手拭いを外して、重秀の目を見る。

「いや、座るのはならん」

重秀は言った。

「直ちに部屋に戻り、旅立つ支度をせい」

眉を寄せて、首を傾《かし》げる民江に、重秀は続けた。

「斬るつもりで向かったが、歩を進めているあいだに気が変わった。これより二

人で柳原を欠け落ちる。そなたを屋敷に連れ戻すわけにはゆかんが、長崎見物に

連れて行ってやる。早急に、旅支度を整えよ」

いまならば民江を斬れる、と思ったとたんに、阿部重秀はなんとも言い様のな

い感覚を味わった。

己の軀を取り巻いている諸々が、擦り寄ってくるような、おずおずと触手を伸ばしてくるような、けっして不快ではないその包み込もうとするものに身を委ねていると、先刻、理津が言った、己の血の音が聴こえるような気がした。

そして、その音に気を澄ますうちに、民江を斬ることができるのであれば、なんでもできるのではないかと思った。

それまで、考えても詮《せん》ないと退けてきたあれやらこれやらが、急に現《うつ》しの色を鮮やかにしてきて、このまま国を出て長崎を目にすることも、そこで学ぶことも、その地で民江と生きることも、つまりは脱藩の大罪を犯すことも、別にできないこともなかろうと思えるのだった。

「真《まこと》でございますか。お戯れではございませんか」

民江が重秀を見上げた。

「戯れなどではない」

きっぱりと、重秀は答えた。己の罪は脱藩の汚名で背負う。理津に加えて自分も国を出たとなれば、長英の憤怒はさらに増そう。自分が切腹すれば怒りを削ぐだろうが、逃避ならば怒りを煽る。増した怒りは二人を追い続ける力となり、旅の痛みをいささかなりとも和らげるはずだ。

「ほんとうに、ここを出て、共に旅することができるのでございますか」

民江の目から、涙が溢れ出る。

「むろんだ。儂もこれより藤兵衛に頼んでおいた旅支度を整える。ときがない。直ちにかかれ」

けれど、民江の足は動こうとしなかった。

「真であるのなら、これからも共に生かせていただけるのであれば、お話しさせていただかなければならないことがございます」

涙を切って、民江は言った。

「旦那様に討たれるのであれば、言わぬまま討たれようと心しておりましたが、共に生きるのであれば、聞いていただかなければなりません。わたくしが家を出た理由でございます」

「それは、よい。もう、よい」

重秀は言った。ほんとうに、どうでもよく思えていた。

「わたくしとしましては、聞いていただかないことには旅立てぬのでございます」

「ならば、話せ」

そこで、話す話さぬと、堂々巡りをしている時間はなかった。

「わたくしは旦那様に返すに返せぬ恩を感じておりました」

先刻、聞いたばかりの言葉だと、重秀は思った。

「娘時代のわたくしの噂は真でございます。若気の至りと申すしかありませんが、二十歳になる前にそういうことがございました。直ぐに、その人となりに気づいて縁を切りましたが、噂はずっとわたくしを追い続けました。そうして二十五を二つも過ぎて、もう人の嫁となり、子をなすことはできぬものとすっかり諦めていたとき、旦那様がわたくしでもよいと言ってくださったのです」

急《せ》いていたはずなのに、耳が言葉のひとつ一つをなぞった。

「阿部の家に入ったわたくしは幸せそのものでした。直ぐに理津も生まれて、至福を味わわせていただきました。しかし、そのように幸せを嚙み締めるほどに、旦那様のことが気にかかるようになったのです」

しだいに、重秀は話に引き込まれる。

「あの頃の旦那様は重い御役目を次々と与えられていらっしゃいました。見事にこなして御出世されましたが、わたくしはそれを素直に喜ぶことができませんでした。わたくしは門閥に近く育って、あの者たちの考えの進め方に馴染んでおります。そのわたくしの目から見れば、御勤めを立派に果たされるほどに、旦那様はあの者たちの虎の尾を踏んでいらっしゃいました」

一緒になった頃のことが、ありありと浮かぶ。

「咎められなかったのは、明らかな成果を残されたからでございます。だからこそ、わたくしは先行きを案じざるをえませんでした。こんなことがいつまでも続くはずがない。難儀な御役目を一度として失敗することなく続けることなどできるはずもない。いつかは失敗して、その責めを負わされ、御腹を召されることになると思い込みました」

そして、いつしか時間を忘れた。

「わたくしには、わたくしの噂の相手であった重臣の顔が浮かんでおりました。その者はとりわけ、そういう仕返しをしかねない性癖の者だったのでございます。できうることならば、わたくしは、旦那様が出世などされることなく、目立たずにあってほしいと願っておりました。そうして理津と三人で、ひっそりと暮らしてゆくのがわたくしの夢だったのでございます」

やはり、自分はなにも見えていなかったのだと、重秀は思った。

「とはいえ、旦那様に御役目のほうはそこそこになどと申せるわけもございません。また、それで手を緩める旦那様でもございません。でも、噂の相手は親類の集まりなどでわたくしの幸せをたしかめるほどに、旦那様への憎しみを滾《たぎ》らせます。なんとかしなければならないと、わたくしは焦りました。旦那様が腹を召されるのを、傍らで観ているわけにはまいりません。旦那様にはずっと命を長らえていただかなければなりません。思い詰めたわたくしは、とんでもない企てを思いついたのでございます」

なにを言うのかは、もう分かっていた。

「わたくしが男と欠け落ちれば、旦那様はずっとわたくしを追い続けなければならないと思いました。たとえ本懐を遂げられたとしても、もう妬《ねた》まれるほどの出世はご無理でしょうから、御命を奪われる怖れは少なくなります。わたくしはこれしかないと思いました。唯一、後ろ髪を引かれたのは理津でした。四歳の理津を残して行くのは、それこそ身が千切《ちぎ》れるほどに辛《つろ》うございました」

聞けば、分かっていたなど、慚愧《ざんき》に尽きた。民江の理津への気持ちには、まったく想いが及んでいなかった。

「ですが、欠け落ちてみれば、すべてがわたくしの誤算となりました。あまりに早く旦那様に追いつかれてしまったこと、わたくしが生かされたこと、その後も旦那様が順調に御出世されたこと……ことごとく、わたくしの目論見《もくろみ》から外れておりました。助けられたあとも死なずにおったのは、死ぬ意味もなくしていたからでございます。理津を残してまで踏み切ったことなのに、旦那様に生き続けていただく企てが呆気なく失敗して、わたくしは心を失っておりました」

二十余年ものあいだ、自分は民江をそういう場所に、置き去りにしてきた。

「それでも、生き長らえていると、わたくしにとって最も大きな誤算が、嬉しい誤算になっているのを知ることができました。御出世を続けられても、旦那様は生き続けておられたのです。これでよいと、わたくしは思いました。わたくしのことは、もうよい。この世にはいない者らしく、息を薄くして、この圃場で寿命を終えようと心しました」

海と空を分かつ白い線が、太さを増している。

「それでも二十年振りにお姿を拝見し、幾度か言葉を交わさせていただくうちに、自分にはもう残っていないはずの我《わ》が儘《まま》が洩れ出ました。気づくと、わたくしは旦那様に、いつ御屋敷に戻してくれるのですか、などと言っておるのです。旦那様にはご迷惑をおかけしたと存じますが、実は、わたくしはそんな無理を言う自分を嬉しく感じておりました。わたくしは生きている、と思いました。たしかにわたくしは生きているのだと、思うことができました」

重秀は民江から顔を逸らして、目を拭った。

「これで、お話ししなければならないことはすべてでございます。いまでも、共に旅立たせていただけますか」

民江に向き直って、阿部重秀は声を張り上げた。

「むろんだ！」


それから一とき後の、朝五つ、中山藤兵衛の姿は、柳原藩家老、岩渕周造の屋敷にあった。

「で、これが、その要諦書というわけか」

藤兵衛が届けた阿部重秀からの書状を読み終えると、岩渕家老は森田啓吾がまとめた丹奈川普請要諦書を手に取って言った。

「また、随分と周到にまとめ上げたものだな」

しばし無言で目を通したあとで、嘆声を洩らした。

「真に微に入った要諦書で、直ぐにも実地に移すことができます」

藤兵衛は答える。

「あとはすべて中山藤兵衛に任せれば前へ進むと認《したた》めてある」

岩渕家老は膝の前に置いていた重秀の書状に目を遣った。

「そういうことであれば頼るしかない。この丹奈川普請要諦書を得て、種川には国を挙げて取り組むことになるだろう。せいぜい、励んでくれ」

「怖れ入りましてございます」

「しかし、危ない橋を渡ってくれるな」

言って、大きく息をつく。

「お前が登城前にすべてを知らせてくれたゆえ、よけいな回り道をせずに済んだが、先に島田や三雲に気取《けど》られていたらめっぽう面倒だったぞ」

登城の時刻までは、あと半ときである。

「おそらく、もう、戻ることもないのだろうがな……」

ふっと遠くに目を遣った。

「とはいえ、お前にしても、柳原文庫もなにもかもではさすがにきつかろう。重秀から便りが来て、落ち着く場所が分かったなら、好きなときに戻れと伝えい。儂がのんびりと、待っておるとな」

岩渕家老は支度を整える素振りを見せた。

「と、申されますと」

藤兵衛は岩渕家老の目の色を窺う。

「脱藩につきましては……」

声を潜めて言った。

「なんだ、それは」

こともなげに、岩渕家老は答える。

「阿部重秀は長崎視察じゃ。種川の次の策も講じなければならんでな。先へ、先へだ。しばらくのあいだ、新知識を蓄えさせる」

「御配慮、誠にありがたく、御礼の申し述べようもございません」

平伏して、藤兵衛は謝した。

「ま、すべては己のためにすることだ」

あくまで軽く、岩渕家老は言った。

「温情でこんなことはできん。温情でできるのは胸の内で分かってやるくらいだ」

この人は重いことを軽く言う。

「お前ならば分かろうが、人の上に立つのはしんどいぞ。重秀とすっかり切れてしまったら儂が困る。たとえ文でもな、腹を割って話を交わす相手が欲しい。あいう馬鹿とは、どんな形であれ、つながっていたいのだ」

もう一度、藤兵衛の目を見据えて、繰り返した。

「どんな形であれ、な」

直ぐに目を切り、考えてもみろ、と言いながら立ち上がる。そして、うんざりした顔を浮かべながら続けた。

「重秀がいなければ、残るのは、あの島田と三雲だぞ。儂が不憫《ふびん》だと思わんか」

後書き　私が選んだ時代

青山文平

「かけおちる」を読んでいただいて、ありがとうございました。

青山文平、と申します。

後書きのページを頂いたので、すこし、書き手としての自分を紹介させていただきたいと思います。

初めて、小説を書いたのは一九九二年です。ベルリンの壁が崩れて三年後ですね。

いわゆる純文学のジャンルで、題名は「俺たちの水晶宮《すいしょうきゅう》」。水晶宮というのは、一八五一年の第一回ロンドン万博のモニュメントとして建てられた、ガラスと鉄の建築を想定しています。現在のイギリス王立キュー植物園の、大温室をイメージしてもらえばよいでしょう。

これは、当年の中央公論新人賞を受賞しましたが、それからほぼ十年やって、純文学、というよりも小説じたいの執筆をやめました。充電、などではありません。もう、すっかり創作からは離れて、二度と書くことはないだろうと思っていたし、事実、そのとおりになりました。なのに、やめてからまた十年近くが経った二〇一〇年になって、再びキーボードに向かったのは、多分に経済的理由です。私は中央公論新人賞に応募するのとほぼ同時に、十八年お世話になった会社を辞していました。

小説を書くという行為は因果なもので、夜、眠っても、書きかけていた次の文章が浮かんで目が覚めたりします。頭のその部分は眠っていないんですね。で、勤め人としてきちんと振る舞うには時間的に無理が出るようになっていたのです。

それからは、六十半ばの今日まで、ずっとフリーです。参考になるかどうか分からないけれど、勤続十八年の年金では喰えません。たいへんだ、とかではなく、はっきりと喰えません。奥さんは国民年金だけなので、独りになったら、もう絶対的に喰えません。十年間、小説の執筆とは無縁だった自分の指が突然動き出したのは、その事実を数字で突き付けられた夜でした。そうしてできたのが、二〇一一年の松本清張賞受賞作「白樫の樹の下で」です。

そのように、私の二度目の創作の営みはあくまで経済行為のつもりでした。だからこそ、純文学ではなく、時代小説のジャンルを選びました。当然、売れ筋を狙うべきなのですが、人はそう理屈どおりには動きません。いざ、創作と向き合うと、やはり表現行為になってしまいます。つまり、人の地肌を描きたくなってしまうのです。というよりも、それ以外には指が動かない。再び、書いてみて、そういうものであることを知りました。自分の思惑なんぞで、どうこうなるものでもありません。気持ちの底から突き動かそうとするものに、従うしかないのです。書けるものしか書けない。

なので、時代小説の書き手としては、私は随分と偏っているのではないかと思います。たとえば、時代設定です。

時代小説、というと、人情ものでない限り、戦国、あるいは幕末を扱うことが多くなるのではないでしょうか。けれど、私はそのどちらにも関心が持てません。「下克上」とか「尊王攘夷」といった大きなキーワードで、人間が動く時代にはどうにも惹かれないのです。

それは私が、いわゆる団塊の世代の一人だからかもしれません。私たちの人格形成期にも、大きなキーワードが用意されていました。大きなキーワードが用意される、ということはつまり、流れるプールで泳いでいるようなものです。適当に手足をゆらゆらさせていれば、とりあえず体は流れの方向へ運ばれていきます。自分では泳いでいないのに、体は動く……それがずっと続くと、そのうちには自分の力で泳いでいるような気になったりします。そうでなくとも、ゆっくりと泳いでいるだけなのに、全力で泳いでいるように錯覚しがちです。一人一人が、嵩《かさ》上げされるのです。

書き手としての私が惹かれる時代は、このまったく逆になります。ぱったりと流れが止まって、もうどうにも動こうとしない時代。耳触りのよいキーワードなど振りまきようもなく、なにが正解なのか皆目わからない時代。だからこそ、一人一人が己の頭と身体で考え抜いて、自分だけの正解を探し出し、動かなければなりません。不細工でもなんでも、もがかざるをえないのです。そう、いま、です。いまという時代は、流れに乗るのではなく、自らほんとうに動いている人が、くっきりとする時代であると、私は思います。

江戸時代で言えば、一七〇〇年代後半の武家が同じような状況にあります。武家というのは、その軍事力で世の中の支配層となりました。が、戦国が終わって百五十年も経てば、もはや槍を向ける敵軍など国内にいません。徳川幕府の存在理由は「武威」であり、つまりは一度でも負けたら政権の正当性を失うため、対外的にも徹底して戦を避けます。強さを売り物にしているからこそ、戦うことができなくなるのです。その上、商品経済の発展に連れて、各国の財政は窮迫する一方であり、為政者たる武家には、軍事力よりも行政手腕が問われるばかりになります。

そこに武家のアイデンティティ・クライシスが起きます。いまも重い刀を腰に二本差して、腰痛に悩まされながら、日々の勤めにあくせくしている自分は、いったい何者なのだろうということです。

時代は、武家に、確固たる居場所を用意してくれません。それぞれが武家とはいかなる存在なのかを突き詰めて、日々を編んでゆかなければなりません。そのもがく姿に、人の地肌が浮かび上がります。そして、その姿は、じっと動かぬ、いまという時代と格闘する、私たちの姿とも重なるのです。

ひとことで言うのなら、私が書いている時代小説というのは、そういう物語です。

時代小説を書き始めたときから、それを意識していたかと問われれば、私は意識していたと答えます。ですが、いまのように、クリアになっていたわけではありません。

天明期（一七八一～一七八九）の「白樫の樹の下で」を書き、寛政期（一七八九～一八〇一）の「かけおちる」を書き、安永期（一七七二～一七八一）の「流水浮木」を書き、そして宝暦期（一七五一～一七六四）の「鬼はもとより」を書いていく過程で、定まっていきました。短編集の「約定」では文化期（一八〇四～一八一八）まで広げて、この方向性の可能性を探ってもいます。

そういうことですので、節目としては、二作目の、この「かけおちる」が大きいのかもしれません。天明につづいて寛政を扱ったことで、ああ、きっと自分は、もういいと得心するまで、十八世紀後半の江戸と付き合っていくのだろうと思いました。

そのとき、ちょっとしんどくなるなとも感じました。なにしろ、年表的にはほとんど動きのない時代です。これといった事件があるわけではありません。すべからくドラマには落差が不可欠なので、素材選びが難航して当り前になるのです。

建築家のミース・ファン・デル・ローエも信奉したという、〝神は細部に宿る〟という至言を信じて、資料の山を当たり、落差が凝縮されている、細部に本質が宿っている素材を探しまくることになります。微小な球のなかに、宇宙が詰まっているような素材です。もちろん、そんな素材は滅多に見つかるものではありません。以来、日々のあらかたは、素材探しに呻吟して費やされています。でも、なんとか踏ん張って、もう降参というところまで、このやり方をつづけていくつもりです。

どうぞ、よろしく、お願い申し上げます。

二〇一五年一月

解説　妻たちの選択

村木　嵐《らん》

青山さんは二〇一一年に『白樫の樹の下で』で松本清張賞を受賞し、二〇一四年下半期に『鬼はもとより』で直木賞候補、翌年には大藪春彦賞に輝いた。今はまだ寡作だが、正統派の時代小説作家である。

私は青山さんの前年に松本清張賞をいただいた関係で、授賞式で青山さんの引き締まった、浮ついたところの全くないスピーチを間近で聴いている。そのとき漠然と、古武士のような人だと思ったのだった。

この『かけおちる』はそんな青山さんがデビューして一年にも満たずに発表された第二作目である。

青山さんのような希有な作家にとって、一作一作が高い山の頂へまっすぐ上っていることは自明だが、なかでも本作は私たち読者が読まずにはすませられない一冊だろう。ここには『鬼はもとより』で青山さんが描く、鬼になることとくらい覚悟の上だという人々の凄まじいまでの信念が、すでに力強く刻みつけられている。

私は青山作品を読んで、あらためて生きることの素晴らしさに目を開かれる思いがした。ふだん意識することもない市井の人々の一生の尊さを、青山さんはいつも思い出させてくれる。

本作の主人公・阿部重秀は柳原藩四万石で執政を務める、農政実務に精通した地方巧者である。柳原藩では執政は家老、中老に次ぐ重責で、重秀は門閥に連ならない生まれながら、公平無私な働きと「空理空論を排して、自ら実際に試したことのみを採り入れる」親試実験の積み重ねによって、六十歳を前にここまで昇りつめてきた。

篤実で黙々と目標に向かって奮闘する重秀は、政敵に取り囲まれてはいるものの決して孤独ではなかった。片腕ともいうべき名主・中山藤兵衛や娘婿・阿部長英、さらには忠実な家人・啓吾らの惜しみない助力を得て、重秀は自らの信じる道を一心に歩んでいる。

江戸開幕から約二百年、戦という働き場を失った武士はみな貧窮し、海をもつ柳原藩でも年来の課題は殖産興業によって藩財政を立て直すことだった。その旗ふり役をつとめる重秀は藩内の川に鮭の産卵場をもうけ、遡上を根づかせるべく私財を投じてきたが、寛政二年（一七九〇）ついに、幾年にもわたったその試みが成就する。

だが幕藩体制はもうとうに、武をつかさどる番方ではなく官吏たる役方に重きを置いている。必然的に、不始末を起こして切腹するのは役方ばかりという矛盾に満ちた社会が構成され、藩の興産に家業として取り組む重秀、長英父子などは、ささいな失敗がたちまち死を招くという最も危うい立場にあった。

それでも長英は尊敬する義父・重秀の後に続き、江戸で御役に励んでいる。長英は奥山念流の免許皆伝でもあるのだが、剣士として生きることは諦めて、藩のために新たな興産の道を探っていた。

ただ長英はつねに死を見据えた「死に狂い」で、きっかけさえあればいつでも腹を切ろうと決めている。そして重秀は重秀で、重い業をかかえていることが次第に明らかになっていく。

「儂にはな、啓吾。人の目を集めてはならぬ事情があるのだ」

重秀が重い口を開いて明かした事情とは、かけがえのない安らぎだった妻が、男と駆け落ちをしたという過去だった。

　徳川幕府が支配していた当時、妻が不貞して出奔すれば、武士は地の果てまで追いかけても相手の男と妻を討たねばならなかった。そして重秀はそれを成し遂げ、結果として幼い一人娘から母を奪ったのである。

　さてここからは本作の核心に触れることになるので、未読の方は後回しにしてください。

　妻に裏切られたという過去に苛まれてきた重秀だが、やがて成長した娘までが背を向けたとき、「己が何も見ていなかった」という絶望の淵に落とされる。

「わたくしは父上では救われないのです」。「喜んで指を絡めても、直ぐに木の枝を摑んでいるような気になってしまうのです」。

　そう言って娘もまた、申し分のない婿・長英を捨てて駆け落ちをするのである。

　重秀と妻にしても娘夫婦にしても、並みどころではない堅い信頼に結ばれた夫婦だった。それが沫々《あわあわ》とした相手と出奔したのにはどんな理由があったのか。

　二十二年前、重秀は土壇場でどうしても妻を殺すことができず、名主の藤兵衛に預からせていた。そして妻は農婦に身をやつし、一見穏やかにその暮らしを受け入れている。

だが重秀は妻に何も尋ねようとしない。「一つの問いは際限のない問いを生んで、永遠に問い続けねばならなくなる」と思い定めて、興産に打ち込むばかりである。

物語は次から次へ重なる謎と超克に、勢いよく牽引されていく。

『かけおちる』が発表されたとき、じつは私は登場する女性の心情があまりに清らかすぎて、作者の異性に向ける目が少し現実離れしているような気がした。というのも重秀の妻と娘が駆け落ちをしたのは他に想う相手ができたからではなく、それぞれに夫を救うためだったからである。つまり駆け落ち相手は一途な妻たちにほだされて一役買ったにすぎないともいえるのだ。

江戸時代の駆け落ちは〝欠け落ち〟という字を当てたように、当人たちの否応ないコミュニティからの欠落を意味し、実際にすべてを失わせるものだった。そのため妻のみならず駆け落ちの相手も制裁を受け、一人は実際に命まで落としている。これが真実、夫を守るためだったとしたら、関係のない第三者にここまでさせた妻たちはただ傲慢なだけではなかったか。だというのに妻たちの生き方が美しく潔く見えるのは、青山さんがそこに幻想を投影しているからではないだろうか。

今回もその印象を引きずったまま『かけおちる』を読み始めたが、女性が清らかすぎるというのは、逆に、こんなことのできる女がいるものかという男性目線なのではないかと思い直した。誰しも自分の性を超越して小説を読むことは難しいが、すなおに同性として見れば、重秀の妻と娘の選択が少しも突拍子のないものには思えなかった（嵐という紛らわしい筆名ですが、筆者は女です）。

二十一世紀の今でも、ときに人は想う相手のために全てを犠牲にする。親は子供のために命を投げ出すし、仕事も家族も捨てて恋人のもとに走る人もいる。

そして女は今も昔も、男の困惑を知りつつ本音を吐く。男のためだけを想う女がつい甘えてしまう懐の深さが『かけおちる』の男たちには備わっているのである。

「いつ、わたくしを御屋敷に戻してくれるのでございましょうか」

生きながらえた妻は、重秀にそう問いかける。これは自分を生かして苦しむ夫に処断を迫る半面、抑えがたい淋しさの表れでもあるだろう。

どれほど抜き差しならない問いであっても、男はそれに向き合わざるを得なくなる。

武士が自らの存在意義を確立できなかった時代に、重秀たちは武士であり続けようとした。幕末という落日の迫った夕凪の中でもがく男たちは、文官として生きるよりは侍らしく死ぬことしかできなかった。それが女の目には死ぬ機会を窺っていると映ってしまう。

そのとき彼女たちはどうしたか。男を守るために何もかも引き受けると決めたとき、女は息を呑むような強さを見せる。

現代の私たちにはどうしても理解の及ばない、命に執着しない男たち。その男を生かすため、どんな罪も恐れない女たち。想う相手のためには極限まで自己を抑えることができるという人間の崇高さを青山さんは描いている。

閉塞した社会で生きるしかなかった主人公たちは、それでも懸命に活路を見出そうとした。だから青山さんの作品にはいつも希望の花が咲いている。気高くて強いその花は、現代でもきっと実をつけることができる。

「あいまいにしてはいけないことをしたまま踏み切る」ことで武士の世は終焉に近づいた。なし崩しに状況を受け入れ、流されていくことで人は大切な誇りを失うこともある。『かけおちる』は、そんな生きる意欲さえ奪おうとする時代に果敢に立ち向かっていった人々の物語である。

小説ほど作者の人柄が露わになるものもないと言われるが、僭越な書き方を許してもらえるなら、『かけおちる』には青山さんがずっと心がけて生きてこられた気概が溢れている。

この作者は絶対に、巡り合わせや周囲の状況に言い訳をしない人だ。

世界がどう変わろうと黙って歩きつづける姿が、阿部重秀の背中にはっきりと重なった。


（作家）

単行本　二〇一二年六月　文藝春秋刊

文春文庫

かけおちる

定価はカバーに
表示してあります

2015年3月10日　第1刷

著　者　青《あお》山《やま》文《ぶん》平《ぺい》
発行者　羽鳥好之
発行所　株式会社 文藝春秋

東京都千代田区紀尾井町 3-23　〒102-8008
TEL　03・3265・1211
文藝春秋ホームページ　http://www.bunshun.co.jp
落丁、乱丁本は、お手数ですが小社製作部宛お送り下さい。送料小社負担でお取替致します。

印刷・大日本印刷　製本・加藤製本
Printed in Japan
ISBN978-4-16-790334-3

（　）内は解説者。品切の節はご容赦下さい。

安部龍太郎
バサラ将軍
新旧の価値観入り乱れる室町の世を男達は如何に生きたか。足利義満の栄華と孤独を描いた表題作他「兄の横顔」「師直の恋」「狼藉なり」「知謀の淵」「アーリアが来た」を収録。（縄田一男）
あ-32-1

安部龍太郎
金沢城嵐の間
関ヶ原以後、新座衆の扱いに苦慮する加賀前田家で、家老の罠に落ちた武辺の男・太田但馬守。武士が腑抜けにされる世に、義を貫かんと死に赴く男たちの美学を描く作品集。（北上次郎）
あ-32-2

荒俣　宏
帝都幻談（上下）
天保11年、江戸を妖怪どもが襲います。その危機に平田篤胤、遠山奉行らが立ち向かう。下巻では時代を嘉永6年に移し平田鉄胤と妻・おちょうが江戸を再び襲う化け物たちと対峙します。
あ-37-2

浅田次郎
壬生義士伝《みぶぎしでん》（上下）
「死にたぐねえから、人を斬るのす」――生活苦から南部藩を脱藩し、壬生浪《みぶろ》と呼ばれた新選組の中にあって人の道を見失わなかった吉村貫一郎。その生涯と妻子の数奇な運命。（久世光彦）
あ-39-2

浅田次郎
輪違屋《わちがいや》糸里《いとさと》（上下）
土方歳三を慕う京都・島原の芸妓・糸里は、芹沢鴨暗殺という、新選組の内部抗争に巻き込まれていく。大ベストセラー『壬生義士伝』に続き、女の〝義〟を描いた傑作長篇。（末國善己）
あ-39-6

浅田次郎
一刀斎夢録（上下）
怒濤の幕末を生き延び、明治の世では警視庁の一員として西南戦争を戦った新選組三番隊長・斎藤一の眼を通して描き出される感動ドラマ。新選組三部作ついに完結！（山本兼一）
あ-39-12

あさのあつこ
燦 ―3― 土の刃
「圭寿、死ね」。江戸の大名屋敷に暮らす田鶴藩の後嗣に、闇から男が襲いかかった。静寂を切り裂き、忍び寄る魔の手の正体は。そのとき伊月は、燦は。文庫オリジナルシリーズ第三弾。
あ-43-8

（　）内は解説者。品切の節はご容赦下さい。

あさのあつこ
燦―4―炎の刃
「闇神波は我らを根絶やしにする気だ」。江戸で男が次々と斬りつけられる中、燦は争う者の手触りを感じる。一方、伊月は圭寿の亡き兄の側室から面会を求められる。シリーズ第四弾。
あ-43-11

あさのあつこ
火群《ほむら》のごとく
兄を殺された林弥は剣の稽古の日々を送るが、家老の息子・透馬と出会い、政争と陰謀に巻き込まれる。小舞藩を舞台に少年の友情と成長を描く、著者の新たな代表作。（北上次郎）
あ-43-12

秋山香乃
総司　炎《ほむら》の如く
新撰組最強の剣士といわれた沖田総司。芹沢鴨暗殺、池田屋事変など、幕末の京の町を疾走した、その短くも激しく燃焼し尽くした生涯を丹念な筆致で描いた新撰組三部作完結篇。
あ-44-3

荒山　徹
サラン・故郷忘じたく候
雑誌発表時に「中島敦を彷彿《ほうふつ》させつつ、より野太い才能の出現を私は思った」（関川夏央）と絶賛された「故郷忘じたく候」他、日本と朝鮮半島の関わりを斬新な切り口で描く短篇集。（末國善己）
あ-49-1

梓澤　要
越前宰相秀康
徳川家康の次男として生まれながら、父に疎まれ、秀吉の養子に出された秀康。さらには関東の結城家に養子入りした彼はその後越前福井藩主として幕府を支える。（島内景二）
あ-63-1

青山文平
白樫の樹の下で
田沼意次の時代から清廉な松平定信の息苦しい時代への過渡期。いまだ人を斬ったことのない貧乏御家人が名刀を手にしたとき、何かが起きる。第18回松本清張賞受賞作。（島内景二）
あ-64-1

井上　靖
おろしや国酔夢譚
鎖国日本に大ロシア帝国の存在を知らせようと一途に帰国を願う漂民大黒屋光太夫は女帝に謁し、十年後故国に帰った。しかし幕府はこれに終身幽閉で酬いた。長篇歴史小説。（江藤　淳）
い-2-1

（　）内は解説者。品切の節はご容赦下さい。

井川香四郎
長屋の若君
樽屋三四郎　言上帳
深川の長屋に、「若」と呼ばれ住人に可愛がられる利発な少年が住んでいる。しかし彼を手習い所で教える佳乃には気がかりなことが。子供が幸せに育つ町を作る！　シリーズ第10弾。
い-79-10

井川香四郎
かっぱ夫婦
樽屋三四郎　言上帳
ガラクタさえも預かる質屋を営み、店子の暮しを支える長屋の大家夫婦。だが悪徳高利貸しが立ち退きを迫り――。敢然と立ち上がった三四郎の痛快なる活躍を描く、シリーズ第11弾。
い-79-11

宇江佐真理
余寒の雪
女剣士として身を立てることを夢見る知佐は、江戸で何かを見つけることができるのか。武士から町人まで人情を細やかに描く七篇。中山義秀文学賞受賞の傑作時代小説集。（中村彰彦）
う-11-4

宇江佐真理
神田堀八つ下がり
河岸の夕映え
御厩河岸、竈河岸、浜町河岸……。江戸情緒あふれる水端を舞台に、たゆたう人々の心を柔らかな筆致で描いた、著者十八番の人情噺。前作『おちゃっぴい』の後日談も交えて。（吉田伸子）
う-11-15

宇江佐真理
心に吹く風
髪結い伊三次捕物余話
絵師の修業に出ている一人息子の伊与太が、突然、家に戻ってきた。心配する伊三次とお文をよそに、伊与太は奉行所で人相書きの仕事を始めるが……。大人気シリーズもついに十巻に到達。
う-11-17

植松三十里《みどり》
群青
日本海軍の礎を築いた男
幕末、昌平黌で秀才の名をほしいままにし、長崎海軍伝習所で、勝海舟や榎本武揚等とともに幕府海軍の創設に深く関わり、最後の海軍総裁となった矢田堀景蔵の軌跡を描く。（磯貝勝太郎）
う-26-1

海老沢泰久
無用庵隠居修行
出世に汲々とする武士たちに嫌気が差した直参旗本・日向半兵衛は「無用庵」で隠居暮らしを始めるが、彼の腕を見込んで、難事件が次々と持ち込まれる。涙と笑いありの痛快時代小説。
え-4-15

（　）内は解説者。品切の節はご容赦下さい。

井上ひさし
手鎖心中

材木問屋の若旦那、栄次郎は、絵草紙の人気作者になりたいと願うあまり馬鹿馬鹿しい騒ぎを起こし……歌舞伎化もされた直木賞受賞作。表題作ほか「江戸の夕立ち」を収録。（中村勘三郎）

い-3-28

井上ひさし
東慶寺花だより

離婚を望み決死の覚悟で鎌倉の「駆け込み寺」へ——女たちの事情、強さと家族の絆を軽やかに描いて胸に迫る涙と笑いの時代連作集。著者が十年をかけて紡いだ遺作。（長部日出雄）

い-3-32

池波正太郎
鬼平犯科帳　全二十四巻

火付盗賊改方長官として江戸の町を守る長谷川平蔵。盗賊たちを切捨御免、容赦なく成敗する一方で、素顔は人間味あふれる人情家。池波正太郎が生んだ不朽の〈江戸のハードボイルド〉。

い-4-52

池波正太郎
おれの足音
大石内蔵助（上下）

吉良邸討入りの戦いの合間に、妻の肉づいた下腹を想う内蔵助。剣術はまるで下手、女の尻ばかり追っていた〝昼あんどん〟の青年時代からの人間的側面を描いた長篇。（佐藤隆介）

い-4-93

池波正太郎
秘密

家老の子息を斬殺し、討手から身を隠して生きる片桐宗春。だが人の情けに触れ、医師として暮すうち、その心はある境地に達する——。最晩年の著者が描く時代物長篇。（里中哲彦）

い-4-95

岩井三四二
踊る陰陽師
山科《やましな》卿《きょう》醒笑譚《せいしょうたん》

貧乏公家・山科言継《ときつぐ》卿とその家来大沢掃部助《かもんのすけ》は、庶民の様々な揉め事に首を突っ込むが、事態はさらにややこしいことに。室町後期の京の世相を描いたユーモア時代小説。（清原康正）

い-61-4

岩井三四二
一手千両
なにわ堂島米合戦

堂島で仲買として相場を張る吉之介は、花魁と心中に見せかけ殺された幼馴染のかたきを討つため、凄腕・十文字屋に乾坤一擲の勝負を仕掛ける。丁々発止の頭脳戦を描いた経済時代小説。

い-61-5

逢坂　剛	逢坂　剛	乙川優三郎	乙川優三郎	奥山景布子	海音寺潮五郎	海音寺潮五郎
道連れ彦輔	**伴天連の呪い**	**生きる**	**闇の華たち**	**源平六花撰**	**田原坂**	**茶道太閤記**

逢坂　剛
道連れ彦輔

なりは素浪人だが、歴とした御家人の三男坊・鹿角彦輔。彦輔に道連れの仕事を見つけてくる藤八、蹴鞠上手のけちな金貸し・鞠婆など、個性豊かな面々が大活躍の傑作時代小説。(井家上隆幸)

お-13-13

逢坂　剛
伴天連の呪い
道連れ彦輔2

彦輔が芝の寺に遊山に出かけたところ、隣の寺で額に十字の焼印を押された死体が発見される。そこは切支丹の伴天連が何十人も火炙りにされた場所だった！　好評シリーズ。(細谷正充)

お-13-14

乙川優三郎
生きる

亡き藩主への忠誠を示す「追腹」を禁じられ、白眼視されながら生き続ける初老の武士。懊悩の果てに得る人間の強さを格調高く描いた感動の直木賞受賞作など、全三篇を収録。(縄田一男)

お-27-2

乙川優三郎
闇の華たち

計らずも友の仇討ちを果たした侍の胸中を描く「花映る」ほか、封建の世を生きる男女の凛とした精神と、苛烈な運命の先に輝くあたたかな光を描く。名手が紡ぐ六つの物語。(関川夏央)

お-27-4

奥山景布子
源平六花撰

屋島の戦いで、那須与一に扇を射抜かれたことから疎まれるようになった平家の女の運命は──。落日の平家をめぐる女たちの悲哀を、華麗な文体で描く短編集。(大矢博子)

お-63-1

海音寺潮五郎
田原坂
小説集・西南戦争

著者が最も得意とした〝薩摩もの〟の中から、日本最後の内乱となった西南戦争に材をとった作品と、新たに発見された未発表作品「戦袍日記」を含めて全十一篇を贈る。(磯貝勝太郎)

か-2-59

海音寺潮五郎
茶道太閤記

天下人秀吉を相手に一歩も引かなかった誇り高き男・千利休。二人の対立を、その娘お吟と北政所らの繰り広げる苛烈な人間模様を通して描く。千利休像を一新させた書。(磯貝勝太郎)

か-2-60

（　）内は解説者。品切の節はご容赦下さい。

（　）内は解説者。品切の節はご容赦下さい。

加藤　廣
信長の棺（上下）
消えた信長の遺骸、秀吉の中国大返し、桶狭間山の秘策——。丹波を訪れた太田牛一は、阿弥陀寺、本能寺、丹波を結ぶ〝闇の真相〟を知る。傑作長篇歴史ミステリー。（縄田一男）
か-39-1

加藤　廣
秀吉の枷（全三冊）
「覇王（信長）を討つべし！」　竹中半兵衛が秀吉に授けた天下取りの秘策。異能集団〈山の民〉を伴い天下統一を成し遂げ、そして病に倒れるまでを描く加藤版「太閤記」。（雨宮由希夫）
か-39-3

加藤　廣
安土城の幽霊　「信長の棺」異聞録
たった一つの小壺の行方が天下を左右する。信長、秀吉、家康と持ち主の運命に大きく影響した器の物語を始め、「信長の棺」外伝といえる著者初めての歴史短編集。（島内景二）
か-39-8

風野真知雄
耳袋秘帖
馬喰町妖獣殺人事件
裁きをひかえたお白洲で公事師が突然怪死を遂げた。〝マミ〟と呼ばれる獣、卵を産んだ女房……。馬喰町七不思議に隠された悪事を根岸肥前守が暴く！　人気書き下ろしシリーズ第十六弾。
か-46-22

風野真知雄
耳袋秘帖
妖談うつろ舟
江戸版ＵＦＯ遭遇事件と目される「うつろ舟」伝説。深川の白蛇、幽霊を食った男……。怪奇が入り乱れる中、闇の者とさんじゅあんの謎を根岸肥前守はついに解き明かすのか？　堂々完結篇。
か-46-23

梶　よう子
一朝の夢
朝顔栽培だけが生きがいで、荒っぽいことには無縁の同心・中根興三郎は、ある武家と知り合ったことから思いもよらぬ形で幕末の政情に巻き込まれる。松本清張賞受賞。（細谷正充）
か-54-1

北方謙三
杖《じょう》下《か》に死す
剣豪・光武利之が、私塾を主宰する大塩平八郎の息子、格之助と出会ったとき、物語は動き始める。幕末前夜の商都・大坂を舞台に至高の剣と男の友情を描ききった歴史小説。（末國善己）
き-7-10